KB089572

이순신의 항명

광화문으로 진격하라

김동철 역사소설

도서출판

소리울

역사의 교훈을 또 잊을 것인가

혼용무도(昏庸無道)의 시대다. 어리석고 무능한 군주의 잘못된 정치로 나라 상황이 마치 암흑에 뒤덮인 것처럼 온통 어지럽다는 뜻이다.

지금 위정자들은 민생을 외면한 채 사리사욕, 당리당략에 빠져 꿀단지에서 허우적대고 있다. 대통령은 '기회는 평등하고 과정은 공정하며 결과는 정의롭다'는 지극히 아름다운 말을 입 밖에 냈으나 집권 내내 경제와 치세에서 실정(失政)을 거듭한 결과, 이 수사(修辭)는 공허한 외침이 되고 말았다.

당장 생활고에 시달리는 민심의 분노는 가히 하늘을 찌를 듯하다. 이 시대 불합리와 부조리, 모순이 판치는 이유는 무자격 국정 운영자들의 무사안일과 조삼모사(朝三暮四)의 얄팍한 포퓰리즘에 빠져 있기 때문이다.

정치란 경세제민(經世濟民)을 달성하는 일이다. 세상을 잘 다스리고 민생고에 시달리는 백성을 구제하는 것이다. 과연 이 시대 위정자들에게 그런 기대를 할 수 있을까. 어떤 일이건 성패는 사람이 가른다. 이 정권 고위공직자들 면면을 살펴보면 '인사가 망사(亡事)'라 할 정도로 인사권자의 용병·용인술은 참패했다.

또 부동산 정책실패에 따른 집값 폭등, 청년 실업 고착화, 소득주도

성장 정책으로 인한 소상공인 폭망, 탈원전의 국가 자살행위 및 잇단 성추문은 이 정권의 수명이 다했음을 알리는 조종(弔鐘) 소리와 같다.

모름지기 국가 지도자는 경세와 치세를 담당할만한 실력, 부국강병의 전략을 가져야 한다. 이런 자질을 갖추지 못한 사람이 지도자가 됐을 때 끔찍한 국가 대참사는 민심의 이반과 생존 투쟁, 급기야 혁명까지 불러일으킨다. 그래서 절대 왕조시대 세습군주처럼 아무나 왕이 되면 안 되는 것이다.

이 정권 최대 참사인 '조국 사태'는 기득권이 더 많은 것을 가지려는 천민(賤民)자본주의의 탐욕성을 적나라하게 보여주었다. 위선, 거짓, 무능, 불공정으로 촉발된 2030 세대들의 잠재된 분노가 대폭발했다. 민심을 외면한 대통령은 그 특유의 유체이탈 화법으로 '마음의 빚' 운운하며 조국에 대한 망상을 버리지 못했다.

군주민수(君舟民水)라 했다. 물(백성)은 배(왕)를 띄우기도 하지만 성난 민심은 배를 엎어버리는 게 불변의 진리다. '나는 옳고 너는 틀리다'는 아시타비(我是他非)의 오만과 아집, 불통이 대통령 입장이다 보니 그 추종자들도 '우리가 남이가'라는 한통속으로 결집해 상식과 정의로움을 파괴하는 국정 농단의 홍위병이 되었다.

바야흐로 대한민국을 이끌어갈 대통령을 뽑는 선거철이 도래했다. 대선을 앞두고 대권욕에 불타는 주자들은 입만 열면 국민을 내세운다. 그 진정성은 적폐청산 의지와 미래비전 제시에서 국민의 선택으로 판명될 것이다.

단재 신채호 선생은 바람 앞의 촛불 같은 대한제국의 멸망을 눈앞에 두고 '역사를 잊은 민족에게 미래는 없다'는 말을 남겼다. 선생은 한일

병합 2년 전인 1908년 '수군제일위인(水軍第一偉人) 이순신'이란 소설을 대한매일신보에 연재함으로써 절체절명의 상황에서 극일(克日)의 대명사인 '난세의 영웅' 이순신 장군을 역사 밖으로 불러냈다.

필자 역시 대한민국의 혼탁한 시대상을 보면서 400여 년 전 임진·정유재란 때 나라와 백성을 살린 구국의 선봉장인 이순신 장군을 급히 찾게 되었다. 요즘 차곡차곡 쌓여가는 무능한 정권의 적폐는 언젠가 봤던 것 같은 기시감(旣視感)을 떠올리게 한다. 당시 상황을 대체로 살펴보건대 신통하게도 그때나 지금이나 똑같다는 생각을 지울 수 없다. 단군 이래 미증유의 7년 전란 속에서 국왕(선조)의 위기관리 부실은 반면교사로 남아 오늘날 유비무환의 교훈을 일깨운다.

역사소설 '이순신의 항명-광화문으로 진격하라'는 종전 후 수명이 다한 조선은 없어져야 할 나라로 보고 재조산하(再造山河), 즉 다시 새로운 나라를 만들 때가 됐다는 메시지를 만천하에 전하기 위해 탄생했다. 재조산하는 전략가 이순신 장군이 그토록 만들고 싶어 하던 이상향이었다.

시대적 배경은 1597년 2월 한산도에서 삭탈관직 된 후 한성 의금부로 끌려온 때부터 이듬해인 1598년 11월 19일 노량해전에서 살신순국한 1년 9개월 동안의 고난과 역경의 시간이다. 공간적으로는 백의종군 길에서 만난 백성들의 민낯, 가혹한 세금 약탈인 가렴주구, 탐관오리와 결탁한 방납업자들의 도둑질, 원균의 칠천량 패전과 도공의 피납 등 국왕의 여적죄(與敵罪) 혐의, 민생을 내팽개친 당쟁의 폐해, 고군분투 속 수군 재건, 중과부적의 명량해전, 살신성인을 이룬 노량해전 등 굵직한 사건을 다뤘다.

　세월이 어수선한 마당에서 '백마를 타고 오는 초인(超人)'을 기다린다. 그 초인은 환생한 이순신 장군일 수도 있고 다른 경세가, 아니면 전략가일 수도 있겠다. 이러한 영감으로 시작된 책은 9할가량이 고증된 역사적 사실이고 나머지는 '가능한 허구'를 필자의 상상력에 의해 판타지 기법으로 풀어놓았다.

　역사에 가정(Historical If)은 없다. 그러나 역사의 가정에서 당시의 '먼 미래가 바로 오늘'이라는 현재성을 확인할 수 있다면 꽤 유익하고 흥미로운 일이 될 것이다. '역사는 과거와 현재와의 끊임없는 대화'라는 말을 빌리지 않더라도 우리는 역사에서 '옛것을 익히고 미루어 새것을 배우는' 온고지신(溫故知新)의 지혜를 발견할 수 있다.

　"선조가 될 것인가?" "이순신이 될 것인가?"

　오늘날 국정의 난맥상과 대륙과 해양세력에 둘러싸인 지정학적 한반도의 운명! 내우외환을 맞은 이때, 재조산하를 꿈꾸는 백마 탄 초인에게 던지는 질문이다.

2021년 7월 어느 여름날 심상재(心象齋)에서

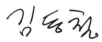

혼탁한 시대에 던지는
구세의 메시지

윤 동 한
(사)서울여해재단 이사장

30여 년 전 한국콜마를 설립하고 경영하면서 수많은 난관을 겪기도 했지만 그럴 때마다 역사 속에서 해답을 찾곤 했다.

그동안 '인문학이 경영 안으로 들어왔다'(2016년)를 시작으로 역사경영에세이 '기업가 문익점'(2018)과 '80세 현역 정걸 장군'(2019년)을 펴냈다. 이순신 장군을 본격적으로 공부하고 관련 도서를 오랫동안 섭렵하면서 장군의 혜안을 통해서 경영자가 가져야 할 덕목도 공부할 수 있었다. 바로 기업보국(企業保國) 정신이다. 기업의 사회적 책임과 상생 노력을 말함이다. '경세가' 이순신 장군은 나의 스승이다.

지금 대한민국은 코로나19로 수많은 소상공인과 자영업자들이 고통의 나날을 보내고 있다. 먹고사는 것 못지않게 취업과 안정된 주거 환경을 바라는 젊은이들의 비명도 들린다. 시대의 혼란을 극복할 방법은 없는 것일까?

이순신 장군은 중앙 정부의 지원이 전무한 상황에서 23전 23승이라는 불멸의 기록을 세웠다. 7년 전쟁 내내 둔전과 염전 운영, 고기잡이, 오지그릇 굽기 및 초가를 지어서 피난민과 향토민의 고단한 삶에 크게 기여했다. 나라님이 하지 못한 애민정책을 장군은 자급자족으로 이뤄낸 것이다.

이번에 이순신 연구가인 김동철 박사가 역사소설 한 편을 세상에 내놓았다. 혼탁한 시대에 던지는 구세(救世)의 메시지를 담은 작품이라 눈길이 간다. 소설은 정유재란 전후의 해전과 살신성인 순국 등 굵직한 주제를 다루고 있다. 또 백의종군 길에서 만나는 백성들의 처절한 민생고와 탐관오리의 토색질도 그려진다. 민생을 팽개친 국왕과 파당 정치에 빠진 조정 대신들의 폐해도 드러나 있다.

당시 일본은 조선 도공의 기술을 높이 받아들이고 기술 개발에 앞장선 결과 세계적인 명품 도자기를 수출함으로써 막대한 국부를 쌓았다. 반면 우리 군주와 사대부들은 피땀 흘려 얻어낸 값진 기술을 업신여기며 천대한 끝에 망국으로 치닫는다. 우리가 세계 최고의 원전 기술을 홀대함으로써 원전 주도권을 잃어버리는 우를 범하는 것은 역사의 교훈을 잊은 탓이다.

순자는 군주민수(君舟民水)를 말하면서 물은 배를 띄우기도 하지만 성난 물은 배를 뒤엎을 수도 있다고 했다. 이 소설은 변화를 바라는 민초들의 갈망을 가감 없이 그려내고 있다. 환생한 이순신이 상식과 정의라는 시대정신을 표방하며 이정표를 던지는 마지막 장면은 가히 감동적이다. 시대정신을 담은 이 작품이 독자들의 사랑과 선택을 많이 받기를 기대한다.

공직자는 물론
청소년에 권하는 이유

장 정 길
제23대 해군참모총장

　우리 국민은 충무공 이순신 제독을 위기 때 나라를 구한 '민족의 성웅(聖雄)'으로 추앙하고 선양사업도 활발히 추진되고 있다.

　충무공 이순신은 삶과 죽음이 오가는 전쟁터에서 흔들림 없는 자세로 부하들을 통솔해 최초 해전인 옥포해전에서 본인이 전사한 노량해전까지 23전 23승으로 한 번도 패한 적이 없고, 총 590여 척의 왜선을 격파하였다. 전쟁 중 왜적의 간계와 원균 수사의 모함으로 사형언도까지 받았지만 사면되어 권율 도원수 휘하에서 백의종군하는 수모도 겪었다.

　원균이 패전하여 조선함대가 전멸함에 따라 백의종군에서 다시 삼도수군통제사가 된 이순신이 맞은 해전이 명량해전이다. 함선이 절대 부족하여 걱정하는 국왕에게 "신에게는 아직 12척의 배가 있나이다"라고 위로했고, 부하들에게는 "죽을 각오로 싸우면 살 것이요 살고자 하면 죽을 것이다"는 전의를 심어주어 12척의 배로 적선 133척과 싸워 대승을 거뒀다.

　충무공 이순신은 전쟁을 예상하여 사전에 대책을 세웠고 전쟁터를

따라다니던 피난민의 기아(飢餓) 문제도 해결한 애민정신의 소유자
였다. 이러한 충무공 정신을 존중하고 받들어 초대 해군참모총장 손
원일 제독은 "국가와 민족을 위하여 이 몸을 삼가 바치나이다"라는
창군표어를 제정했다.

반도국인 우리나라는 지정학적으로 중국, 러시아, 일본 등 강대국
에 둘러싸여 수백 차례 외침을 받았고 지금도 위협이 계속되고 있다.
대외적으로 중국은 중국몽(中國夢)·일대일로(一帶一路)의 기치를
내걸고 미국에 맞서 우리의 해상활동을 위축시키고 있다. 일본은 평
화헌법을 개정하여 '전쟁 가능한 나라'로 군사력을 증강하고, 독도
문제와 위안부 문제로 한일 관계 갈등이 심화되고 있다.

더욱 중요한 건 남북문제다. 북한은 미국을 위시한 UN의 제재에
도 핵과 장거리 미사일, 특히 잠수함발사탄도탄(SLBM)을 개발해 우
리의 안보를 크게 위협하고 있다. 대내적으로는 좌우 이념대립이 심
각해 해방 직후의 혼란상을 방불케 하고, 노사관계 악화와 미증유의
코로나19 사태로 경제 또한 크게 위축되고 사회활동도 활발하지 못
하다.

이 같은 현실 속에 충무공 이순신 같은 훌륭한 분이 많이 배출되고
충무공 정신이 국민에 널리 전파되었으면 좋겠다. 나는 이 역사소설
을 군인과 공무원 등 공직자는 물론 앞으로 이 나라를 이끌어갈 청소
년들이 특히 일독하기를 권한다. 이순신 연구가인 김동철 박사의 새
로운 업적에 많은 응원과 격려의 박수를 보낸다.

이순신의 항명
"광화문으로 진격하라"

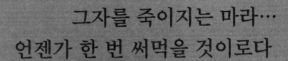

그자를 죽이지는 마라…
언젠가 한 번 써먹을 것이로다

사조21

01

두 자루의 칼

"이순신을 석방하되 도원수(권율) 막하에서 백의종군케 하라."

왕은 이렇게 하교했다. 1597년 4월 1일 이순신은 한성 의금부에서 왕명을 듣고 눈물을 흘리며 궁궐을 향해 네 번 절을 했다.

이순신은 28일간 옥중에 있으면서 추국을 당했다. 가토 기요마사(加藤淸正)가 재침하려 한다는 이중간첩 요시라의 밀고에 따라 부산포로 나아가 가토의 목을 가져오라는 왕의 명령을 어긴 죄, 종적불토(從賊不討) 무군지죄(無君之罪)였다. 이는 반역죄에 버금가는 중죄였다.

이순신은 당쟁의 희생양이었다. 전란이 있기 전 이조판서 류성룡(남인)의 천거로 정읍현감(종6품)에서 파격 승진, 전라좌수사(정3품)가 됐던 만큼 원균을 두호하는 서인과 북인들은 이순신을 몰아낼 기회를 호시탐탐 노리고 있었다. 이순신의 운명은 왕의 한마디에 달려 있었다.

중죄인은 참형(斬刑 목을 벰)이나 압슬형(壓膝刑 무릎에 무거운 돌을 올려 다리뼈를 부숨)으로 처형했다. 대역죄인이라면 참수한 뒤 광화문 육조 거리에서 사지를 갈기갈기 찢는 능지처참형으로 다스렸다. 삼족을 멸함은 물론이다. 선조는 그러나 이순신에게 극형을 내리지 않았다.

"이순신! 그자를 죽이지는 마라. 언젠가 한 번은 더 써먹을 수 있을 것이로다."

노회한 왕은 이순신을 즉시 용도폐기하지 않았다. 다만 이순신을 한산도에서 압송한 것은 불타는 증오감을 다소나마 진정시키려는 개인적인 화풀이에 불과했다.

추국청 어좌에 앉아있는 왕의 모습은 흐릿했고 용포 자락만 봄바람에 간간이 휘날렸다. 왕은 이순신이 해전에서 승승장구할 때마다 품계를 올려주어 나중에는 판서급인 정헌대부(정2품)까지 승진했다. 그때 왕은 몽진(蒙塵 왕이 피난 감) 길에 올라 압록강 부근 의주 행재소에 머물고 있었다. 왕과 호종대신들은 이순신의 한산도 승첩을 받아들고 모두 감격의 눈물을 흘렸다.

"이순신! 이순신! 우리 이순신"하며 칭송해 마지않았다. 그런 '나의 이순신'이 오늘 선조 앞에서 중죄인으로 무릎을 꿇고 있었다. 당시 일본 재침이 예상되는 때 최전방의 장수를 오라에 묶어 끌어내린다는 것은 위험천만한 일이었다. 혼군이 저지른 망동으로 국가자살 행위였다.

위관(委官)은 추국청의 재판관을 말하는데 관례대로라면 영의정 류성룡이 맡았어야 했다. 그러나 왕은 류성룡과 이순신의 관계를 잘 알기에 피했다. 자신의 무리한 논리를 강화하고 합리화하기 위해서 상황에 따라 곧잘 붕당 세력을 이용했다. 권모술수에 능한 교활한 정치적 술수였다. 그렇다면 북인의 거두 이산해나 서인의 두목 윤두수,

윤근수 형제를 지명하거나 아예 급을 낮춰 의금부 당상관(정3품) 가운데 한 명을 지명할 수 있었다.

정치적 이해관계가 개입된 만큼, 이 재판은 왕의 추락한 위상과 자존심을 살려주어야 하는 것으로 위관에게는 왕의 심기를 경호하고 아첨할 수 있는 절호의 기회가 되었다. 남인 류성룡과 이순신을 내치고 자기 사람인 원균을 삼도수군통제사로 세운다면 서인이 조정을 장악하는 것이나 마찬가지였다. 원균은 윤두수, 윤근수 형제의 먼 친척이었다. 이순신은 왕과 서인이 이미 짜놓은 계략 속에서 조리돌림을 당했다.

이순신은 죄인의 칼을 뒤집어쓰고 의금부 마당 거죽 위에 꿇린 채 고개를 숙이고 있었다.

'죄인은 왕의 체면을 세워주는 선에서 이실직고하는 게 좋겠다. 그게 오로지 사는 길이다.' 위관은 이순신에게 그렇게 호소하는 것 같았다. 그러나 이순신은 자복(自服 자백하여 복종함)할 게 없었다.

형리는 이순신의 정강이 사이에 긴 막대 두 개를 넣고 으스러지지 않을 정도로 주리를 틀었다. 아아악! 가해지는 고통 속에서 이순신은 전쟁 초기 왜군과 치열하게 싸웠던 극한 상황을 떠올렸다. 필사즉생(必死則生)! '필히 죽고자 하면 살 것이다'라는 주문을 걸으며 이를 악물었다.

퀴퀴하고 어두컴컴한 남옥을 나섰을 때 눈부시게 내리쬐는 햇볕에 한동안 눈을 뜨지 못했다. 한산도에서 줄곧 따라온 조카 분과 둘째 아들 울, 외사촌 동생 변 주부(변존서)가 문밖에서 초조하게 기다리고 있었다.

"아버님! 아버님! 괜찮으십니까. 흐흑." 아들 울이 달려와 울먹였다.

"그래, 울이냐." 이순신의 몰골은 수척했고 소복은 피와 땀에 얼룩져 있었다. 봉두난발에 다리를 절며 걸어가는 모습은 영락없이 허약한 노인 병자나 다를 게 없었다. 일행은 느릿하게 청계천 광통방 다리를 건너 목멱산(남산) 아래 마른내골 개천가에서 멈춰 섰다.

"울아, 아비가 태어난 곳이다. 어릴 적 서애(류성룡) 대감과 원균 장군도 여기 살았단다. "

일행은 곧장 남문(숭례문) 밖 윤간의 종 집으로 향했다. 해조차 어두운 저잣거리는 온통 잿빛 먼지만 풀풀 날리고 있었다. 수년간 이어진 전쟁통에 조선 8도는 시체가 산을 이루고 피가 강처럼 흐르는 시산혈해(屍山血海)의 참혹한 현장이었다. 전쟁이 할퀸 상처는 도처에 처참한 흔적을 남겼다. 곳곳에 송장과 죽은 말이 널브러져 파리 떼가 극성을 부렸다. 시체 썩는 역한 냄새가 봄바람에 날려 이리저리 춤췄다.

서까래와 대들보가 성한 집은 찾아보기 힘들었다. 굴뚝에서 연기가 사라진 지 오래됐다. 오래 굶주려 누렇게 뜬 거지 몰골의 부민들이 고래등 같은 기와집 담장 아래 옹기종기 모여 봄볕을 쬐고 있었다. 그곳은 흉황 때 백성의 구휼을 담당하는 상평청(常平廳)이었으나 빗장이 걸린 대문엔 거미줄이 처져 있었다.

"악! 배고파 죽겠네. 허연 쌀밥을 본지가 언젠가? 하루, 이틀, 사흘, 나흘, 닷새, 엿! 아이고, 배 꺼져 더는 못 세겠다."

"제기랄! 전쟁으로 왕은 도망갔다 궁궐에 처박혀 있고, 좁쌀 한 톨 주는 놈이 없으니, 망할 놈의 세상!"

"저 목멱산(남산) 아래 마을 어떤 놈은 사람고기를 먹었다던데…. 흠."

"근데 짜대. 소금기가 많은가 봐."

"짜도 좋아. 사흘 굶어봐라. 눈에 뵈는 게 있나."

"너도 먹어봐. 저기 청계천에 시체 몇 구 있더라. 희희."

"이따 밤에 갈까. 난 괴기 먹고 싶어 환장하겠어. 허."

"야 이 거렁뱅이 새끼야! 그런 말 하지 마. 침 넘어간다."

"아아 미치겠네…."

백성은 전쟁 전에도 삼정(三政)의 문란으로 곤죽이 되었다. 삼정은 토지세인 전정(田政), 군역을 피륙으로 받는 군정(軍政), 구휼미 제도인 환정(還政)을 말한다. 환정을 악용해 고리대금업자가 된 탐관오리들은 과도한 조세를 몰수해서 제 잇속을 채우고 있었다. 또 왜군과 명군의 토색질로 이리저리 치이면서 어육이 되었다.

이런 무인지경의 와중에도 봄은 어김없이 찾아왔다. 따사로운 봄빛을 머금은 노란 개나리와 붉은 진달래가 드문드문 고개를 내밀었다. 어느 고대광실 담장 너머에는 하얀 목련이 자태를 뽐내며 흐드러지게 피어 있었다.

윤간의 종 행랑방에 들어서자 이순신은 잿더미처럼 스르르 무너졌다. 변 주부의 도움으로 가까스로 자리에 누운 뒤 곧장 잠이 들었다. 조카 봉, 분과 아들 울이 윤사행, 원경과 더불어 대청에 앉아 오래도록 이야기했다. 앞으로 다가올 일에 대한 불안감을 떨쳐버리지 못한 듯 모두들 무거운 표정이었다.

지사 윤자신이 와서 위로하고 비변랑 이순지가 와서 봤다. 자리에서 힘겹게 일어난 이순신은 더해지는 슬픈 마음을 가눌 길이 없어서 꺼억꺼억 울먹였다. 지사가 돌아갔다가 저녁밥을 먹은 뒤에 술을 가지고 다시 찾아왔다. 윤기헌도 왔다. 지난날 서로 간의 정으로 권하며 위로하기로 사양할 수 없어 억지로 마시고서 몹시 취했다. 이날 이순신(李純信)이 술병째로 가지고 와서 함께 취하며 위로해 주었다.

"통제사 영감! 괜찮으십니까. 기가 막혀 송구할 따름입니다."

"오, 입부! 반가우이. 이런 데서 만나다니요."

호가 입부인 그는 이순신(李舜臣)과 동명이인으로 수차례 해상 전투를 함께하며 생사고락을 한 전우였다. 양녕대군 후손으로 전략가적 지모가 출중했는데, 충청도 수군절도사를 지내다 지금은 한직으로 물러나 도성에서 살고 있었다.

이순신이 특사로 풀려났다는 소문이 퍼지자 그날 저녁 영의정 류성룡이 종을 보냈고 판부사 정탁, 판서 심희수, 우의정 김명원, 참판 이정형, 대사헌 노직, 동지 최원과 곽영 등 고위 관직들이 사람을 보내어 문안했다. 이순신은 이날 몹시 취하여 행랑방 뜨거운 구들에 몸을 지지며 꿍꿍 앓았다. 원래 속병이 도져 식은땀을 흘리다가 기진맥진했다. 밤새 땀에 흠뻑 적신 내복을 두 번씩이나 갈아입었다.

"한때는 좋다고 입에 침이 마르도록 칭찬하더니만 이제와서 자기 체면만 세우려고 충신을 헌신짝 버리듯 하니, 그놈의 죽 끓듯 하는 변덕을 어찌 알겠는가. 죄 없는 백성들만 불쌍하네그려. 쯧쯧."

행랑채 주변을 맴돌던 변 주부가 잔뜩 화가 난 듯 푸념했다.

구붓이 이지러진 그믐달이 떠올랐으나 주위는 첩첩이 어둠에 싸여 적막했다. 행랑방에서 두 명의 이순신이 두런두런 이야기를 나누고 있었다. 일렁이는 호롱불로 창호에 비친 두 그림자는 일그러져 보였다.

목구멍이 포도청이라 여러 날 굶은 사람들은 사체나 인육(人肉)을 몰래 먹고 있다는 흉흉한 소문이 꼬리를 물고 퍼져나갔다. 심지어 자기가 낳은 아기까지 잡아먹는다는 말도 들려왔다.

"밤새 안녕들 하셨습니까요."

전쟁통에 생긴 새로운 인사말이었다. 백성들은 기아와 질병, 학정으로 파리 목숨이나 다름없어 내일을 기약할 수 없었다.

이순신은 그날 밤 꿈을 꾸었다. 새벽닭이 울 무렵까지 잠을 못 이루고 뒤척이다가 비몽사몽 간에 악몽에 시달렸다.

"말하라! 그대는 대체 명줄이 몇 개길래 왕명을 무 썹듯 삼켜버렸는가. 말하라! 말해보란 말이야! 왜? 부산포로 나아가 가토를 치지 않았냐구!"

추국청 위관은 눈을 부라리며 화통을 삶아 먹은 듯 호통을 쳤다. 뒤편 옥좌에 앉은 왕은 부채로 얼굴을 가린 채 간간이 미소를 띠었다.

"그럼 요시라(要時羅)의 세 치 혀만 믿고 나라의 국운을 맡기려 했다는 것입니까. 아무리 왕명이라도 현지 장수 판단에 따라 달라져야 하는 것은 손자병법에도 나오는 것이오."

"아니 이 자가 여기가 어디라고 그리 방자하게 요설을 펼치느냐."

이순신은 자포자기한 듯 고개를 숙였다가 이내 쳐들었다.

"임금이시여, 어서 죽여주시오. 나는 지금 죽어도 여한이 없소이다."

고개를 천천히 좌우로 흔들던 왕은 승지에게 무엇인가 귓엣말로 어명을 내렸다. 왕명을 받은 위관이 목청을 한껏 높였다.

"허허 이 독한 놈, 끝내 토설치 않네. 간이 배 밖으로 나왔군. 뭣들 하느냐, 죄인을 당장 참하고 성문 밖 광화문 육조 거리에 효수(梟首 목을 매닮)하라!"

위관은 목청을 가다듬은 뒤 왕을 향해 미간을 움직이며 아첨했다.

"전하, 이제 화가 좀 풀리시나이까. 대역죄인은 당연히 죽임으로 마무리해야 합니다. 전하의 심기를 흩뜨려 놓은 신을 죽여주시옵소서."

"아니다. 짐은 이번 처사에 매우 만족하느니라. 이제 앞으로 내 말을 듣지 않는 자는 모두 저 같은 꼴이 될 것이로다. 으하! 하! 하!"

순간 망나니가 푸줏간에서 쓰는 큰 칼을 들고 나타났다. 곧이어 휘릭휘리릭 이상한 소리를 내며 미친 듯이 광란의 춤을 추기 시작했다. 허공을 가르는 칼날이 난잡하게 움직일 때마다 이순신은 움찔했다.

마침내 칼끝이 이순신의 목을 겨누고 있었다. 절체절명 위기의 순간이었다.

칼날이 번쩍이며 날아들자 이순신은 있는 힘을 다해 땅을 박차고 공중부양을 한 뒤 두세 번 팔딱팔딱 공중제비 차기를 하면서 요리조리 칼날을 피해갔다. 그러자 수십 개의 칼날이 한꺼번에 쏟아졌다. 역부족이었다. 두 눈을 질끈 감았다. 망나니 칼날의 차가운 금속성이 목에 닿는 순간, 머리카락이 쭈뼛 곤두섰다. 아! 여기까지인가.

그때 어디선가 전광석화처럼 두 자루의 쌍칼이 쨍! 쨍! 하고 튀어나와 망나니 칼을 단번에 쳐냈다. 칼날이 서로 부딪히면서 검푸른 섬광이 사방으로 튀었다.

쨍! 쨍! 망나니 칼은 두 동강이 나 바닥에 나뒹굴었다. 이윽고 쌍칼은 공중으로 치솟아 교차했다가 용마루를 뛰어넘어 용상을 향해 날아갔다. 한 칼은 역린(逆鱗 용의 턱 아래 난 비늘)을 떨어뜨린 뒤 용의 정수리에 박혔다. 순간 거대한 용은 굉음을 내면서 검붉은 화염을 내뿜기 시작했다. 구불구불 절래절래 요동치던 용의 입에서 여의주가 바닥에 굴러떨어졌다.

여의주가 깨지면서 수많은 작은 해골바가지들이 쏟아져 나왔다. 또 다른 칼이 망나니의 모가지를 내리치자 망나니는 단말마 비명을 지르며 발버둥 치다가 곧 숨을 거뒀다. 갑자기 돼지로 환생한 망나니의 사체에서 붉은 선지피가 분수처럼 솟구쳤다. 바닥에 떨어져 이무기로 변한 용은 피에 범벅이 되어 있었다. 한바탕 일진광풍이 지나간 자리는 아수라장이 됐다.

그때 저만큼 용상 앞에 류성룡 대감의 희미한 모습이 얼핏 눈에 띄었다.

"여해, 거기서 뭐 하시는가. 어서 이리로 오게." 여해(汝諧)는 이순신의 자였다. 어머니 초계변씨가 '너라야 세상이 화평케 되리라'는 순임금의 말에서 따와 지어준 것이었다. 이순신이 류 대감에게로 걸어가려는 순간, 바닥에 어지럽게 흩어졌던 해골들은 모두 어여쁜 동백꽃으로 바뀌었고 선혈 낭자한 바닥은 말끔히 치워져 있었다. 이순신은 꽃길을 사뿐사뿐 걸어갔다.

참으로 불가사의한 꿈이었다. 이순신은 행랑 툇마루에 앉아 이상야릇하고 기이한 꿈을 곱씹었다. 그리고 척자점을 쳐보았지만 쉽게 점괘를 얻을 수 없었다.

두 자루의 칼. 아하! 그것은 1594년 4월 한산도에서 대장장이 태귀련과 이무생이 만들어 준 것이었다.

"통제사님, 저희가 만든 이 조악한 칼을 받아주십시오. 이 칼은 보신용이자 정의로운 칼입죠. 앞으로 어떤 불의라도 모두 다 베어 버리십시오." 그날 날 밤 이순신은 수루에 홀로 올라 검은 밤바다를 바라보며 칼의 이름을 지었다.

'삼척서천 산하동색 일휘소탕 혈염산하(三尺誓天 山河動色 一揮
掃蕩 血染山河)'. 세 척 길이 칼을 들어 하늘에 맹서하니 산과 물이
알아들었고, 크게 한 번 휘둘러 쓸어버리니 피가 산과 바다를 붉게
물들이도다.

'아 이 얼마나 장쾌한 서사인가.' 이순신은 속이 후련해지는 느낌
을 받으면서 검명을 소리 내어 외웠다.

한산도 진영에서 한양으로 끌려오는 동안 두 자루의 칼이 뇌리에 박
혀 떠나지 않고 있음을 느꼈다. 이순신은 고난의 천리 길 대장정에서
틈이 날 때마다 검명을 반복해서 읊조렸다. 그때마다 마음의 위안이
되었고 알 수 없는 힘이 솟아났다. 다만 악몽 속에서 용의 역린이 잘려
진 장면을 기억하니 모골이 송연해서 등골에 식은땀이 흘러내렸다.

그 쌍칼은 지금쯤 어디서인가 울고 있을 것이다.

이순신의 항명
"광화문으로 진격하라"

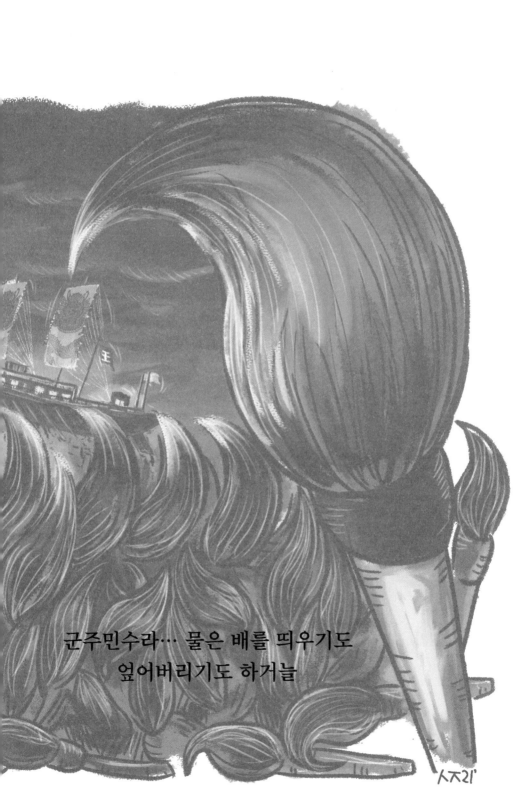

군주민수라… 물은 배를 띄우기도
엎어버리기도 하거늘

02

악연이 된 인연

백의종군 이튿날, 아침부터 추적추적 봄비가 내렸다. 누런 먼지가 가라앉았고 하얀 벚꽃이 활짝 피었다. 겨울을 이겨낸 백옥 같은 목련은 봄의 시샘인가, 꽃비가 되어 바닥에 툭툭 떨어졌다.

이순신은 어제 과음을 한 탓인지 속이 쓰렸고 설사를 심하게 했다. 변 주부가 가져온 온백원(위장약)을 먹고 나서야 속이 한결 편안해졌다. 처마 밑 툇마루에 모여앉은 아들, 조카, 변 주부와 잠시 이야기를 나눴다.

"봄비가 자주 내리면 풍년이 들어 인심이 난다고 했다. 허나…."

몇 해 동안 이어진 난리통에 논과 밭은 잡초와 피가 웃자라 피폐해지고 말았다. 마른 땅을 적셔줄 단비가 내리고 있었지만 농사를 지을 사람이 없었다. 농사꾼들은 등짐, 봇짐을 지고 산속으로 피난을 가버렸다. 일부는 화적떼가 되어 관아를 호시탐탐 노리기도 했다. 왜놈과 때놈에게 약탈당하고 유랑 걸식하는 무지렁이들의 고통과 연민 이야기가 주요 화제였다. 나라는 백성의 주린 배를 채워주지 못했다. 오히려 어수선한 틈을 타서 탐관오리들은 백성들이 버리고 간 집과 땅을 차지하기에 혈안이 되어있었다.

"성님, 아니 영감님! 탐관오리 작자들도 공자왈, 맹자왈 사서삼경

외워서 과거급제한 사람들 아닙니까요. 벼룩의 간을 빼먹지, 왜? 알 량한 백성 것을 못 뜯어먹어 안달합니까요.”

“음, 모든 목민관이 청백리가 될 수는 없겠으나 탐욕한 탐관오리의 죄는 일벌백계로 엄히 다스려야 마땅할 것이야.”

이순신은 변 주부와 말을 섞었다.

왜군이 부산포에 상륙한 지 20일 만에 왕이 도성을 버리고 피난길 에 오르자 분노한 한성 부민들은 경복궁과 창덕궁, 창경궁을 모조리 불태웠다. 또 유전무죄, 무전유죄의 파행적 법 집행을 일삼던 형조 관 아와 애먼 사람을 잡아 족치던 장례원(노비문서 관청)도 불태워졌다. 나라에는 무능한 혼군(昏君)과 탐관오리만 있을 뿐 백성은 없었다.

“군주민수(君舟民水)라 했다. 군주, 민수….”

이순신은 비장한 어조로 혼잣말을 했다. 백성은 물이요 국왕은 배 인데 물은 배를 띄우기도 하지만 성나면 배를 엎어버릴 수도 있다. 민심은 천심인데 민심이 왕에게서 이미 떠나버렸으니, 나라에 왕은 없는 거나 마찬가지였다. 백성들은 누군가 믿고 따를 사람이 하늘에 서 뚝 떨어지기를 갈망하고 있었다.

“세월이 하 수선하니, 어찌 나라의 폐정을 바로 잡아야 할지. 허허.”

이순신은 어젯밤 꿈속에 나타났던 두 자루 칼이 자꾸 떠올라 심란 했기에 행랑방으로 들었다.

아침상은 소찬이었지만 주인의 후덕한 마음을 담은 듯 매우 풍성 했다. 젊은이들은 고봉으로 올린 꽁보리밥을 두 그릇씩이나 후딱 비 웠다. 상큼한 냉이 나물 등 푸성귀가 올라왔고 풋고추를 썰어 넣은 구수한 된장찌개가 입맛을 돋웠다. 수북이 담긴 백김치는 순식간에 없어졌다. 후식으로 쑥개떡이 나와 포식했다. 이순신은 이들의 낯빛이 환한 걸 보고 모름지기 사람은 배가 불러야 인심과 예의를 차릴 수 있을 것이라고 생각했다.

오전에는 필공(筆工)을 불러 붓을 매게 했다.

"허어, 우리 장군님, 이 와중에 웬 붓이랍니까요? 칼로 쳐 죽여도 시원찮을 놈들이 수두룩한 마당에…."

변 주부는 먼발치서 궁시렁거렸다.

"아저씨, 아버님은 남행 중에도 일기를 계속 쓰시려는가 봅니다."

아들 울이 거들었다.

이순신은 무인으로서 평생 칼과 활을 잡았다. 낮에는 무기를 밤에는 붓을 손에서 놓지 않았다. 그래서 부하들은 문무겸전의 장수라고 불렀다.

이순신은 1592년 임진년 1월 1일부터 7년 전란 내내 거의 매일 빠트리지 않고 지필묵을 챙겨 일기와 왕과 조정에 올리는 장계를 썼다. 일기로 하루를 정리하다 보면 머리가 맑아지는 기운을 느낄 수 있어 그 습성이 몸에 뱄다.

야들야들한 붓털은 예리한 칼날에 비해 비록 작고 보잘것없을 것이나 누가 잡느냐에 따라서 가히 천지를, 적군을, 불의한 놈들을 산산조각으로 쪼갤 버릴 수 있는 괴력을 발휘할 것이다. 그때 붓의 털 끝 하나하나는 예리한 비수가 되어 뼈를 부수고 골수까지 파버릴 것이다. 이순신의 속에 담긴 담기(膽氣)가 대개 이런 것이었다.

이순신은 항상 옳고 그름에 당당했기 때문에 수많은 시기, 질투, 모함을 받고 투옥까지 되었다. 그는 매사 원리원칙을 지키는 데 조금도

주저함이 없었다. 어렸을 때 동네 어른이라도 경우에 틀린 일을 하면 그의 눈에 화살을 겨눠 겁에 질리게 한 일화는 대쪽 같은 성격을 말해주었다. 하루종일 까치가 까까! 까까! 울어댔다. 저녁 땅거미가 질 무렵 영의정 류성룡이 보낸 하인이 와서 고했다.

"영상 대감께서 영감을 모시고 오라는 분부가 계셨습니다."

이순신은 헝클어진 머릿결을 대충 매만지고 백의종군 복장인 흰옷으로 갈아입고 나갈 채비를 했다. 류성룡의 집은 목멱산(남산) 아래 필동에 있었다.

필동과 이웃한 건천동(乾川洞)은 마른내골이라고 했는데 일 년 내내 거의 물이 말라 있었다. 이날은 종일 비가 내림으로써 실개천이 만들어졌고 물이 졸~졸~졸~ 소리를 내며 흘러갔다. 천변 언덕은 노란 개나리, 붉은 진달래, 하얀 벚꽃에 봄풀이 무성히 자라 파릇파릇했다.

이곳에서 이순신은 나고 10대까지 살았다. 어린 시절 추억이 주마등처럼 흘러갔다.

세 살 터울의 류성룡과 다섯 살 많은 원균, 이렇게 셋이서 서당을 다니고 목멱산에서 전쟁놀이를 하며 뛰어놀았던 추억이 아련히 떠올랐다.

아! 운명의 장난인가. 세 사람은 이런 호시절 인연을 가지고 있었지만 커서는 서로 다른 길을 걸어감으로써 악연을 쌓고 말았다.

동네 아이들과 전쟁놀이에 빠져 어둑할 때 집에 돌아온 이순신은 공부를 등한시한다는 어머니의 걱정을 들으며 버드나무 회초리를 맞기도 했다.

"순신아, 너라도 과거를 봐서 몰락한 우리 집안을 살려야 하지 않겠느냐."

"아닙니다, 어머니. 남들은 우리를 역적 자손이라 손가락질하는데 공부는 해서 뭐 해요. 흐흑."

어머니의 따끔한 말에 이순신은 이렇게 대꾸하며 눈물을 흘렸다.

"아니, 누가 역적 자식이라 하더냐. 네 할아버지는 그런 분이 아니셔. 훗날 차차 알게 될 것이니라."

이순신의 할아버지 이백록은 중종 때 개혁 신진 사림인 정암(조광조)을 따르다가 기묘사화가 일어나자 역적으로 몰리게 되었다. 그래서 아버지 이정은 과거를 단념하고 청계천에 나가 세월을 낚고 있었으니 가세가 한미할 수밖에 없었다. 이순신이 10대 때 어머니의 고향인 아산으로 이사를 간 것도 먹고 살기가 어려웠기 때문이었다.

"야, 역적의 자식! 백수의 자식아! 겁쟁이처럼 어디로 도망치려는 것이냐?"

원균은 길거리 한복판에 떡 버티고 서서 이사 가는 이순신을 놀려댔다.

류성룡이 나서 말렸지만 막무가내였다.

"성룡이, 균이 형아도 나중에 어른 돼서 꼭 만나야 해. 그럼 갈게. 잘 있어."

몸체보다 더 큰 등짐을 진 이순신은 가족의 꽁무니를 따라 뒤뚱거리며 동작나루로 향했다.

비안개로 어둑한 목멱산의 마루금이 희미하게 드러났다. 이순신은 갑자기 한산도의 원균이 떠올라 심기가 매우 불편했다. 하지만 기분 나쁜 마음을 억누르고 류 대감 만날 일만 생각했다.

아들 울과 함께 영상의 집 대문에 다다랐다. 대문에는 입춘대길(立春大吉), 건양다경(建陽多慶), 국태민안(國泰民安) 같은 입춘방이 붙어 있었다. 봄을 맞이하여 경사스러움이 많아지고, 나라가 태평해서 백성이 편안해지기를 기원하는 문구였다.

서애 류성룡 대감이 대청마루에 우두커니 서 있었다. 수년째 전란의 풍파를 겪은 탓인지 무척 수척해 보였다.

"오호, 여해, 어서 오시게나. 이게 얼마 만인가."

이순신은 류성룡을 보자 눈물이 왈칵 쏟아져 내렸다.

"으흐흑, 서애 대감 이게 얼마 만입니까."

"여해, 그동안 일각이 여삼추였다네. 손이나 한번 잡아봄세. 근데 이 젊은이는?"

"제 둘째 울이라 하옵니다. 백의종군 길에 저를 보살피려고 아산에서 올라왔습니다."

류성룡은 전란 중 왕을 의주까지 호종했고 왕명을 받아 도체찰사(군민 총괄 지휘관)로서 수십만의 명군과 조선군의 식량, 그리고 수만 필의 마초를 대는데 허리가 휘어지도록 갖은 고생을 한 사람이다. 그 와중에도 틈틈이 남쪽의 이순신에게 '기효신서' 같은 병략서를 보내주었고 가끔씩 편지도 왕래했다.

무엇보다 능력에 비해 하찮고 낮은 보직을 전전하던 이순신을 당상관인 정3품 전라좌수사로 발탁한 것은 그의 지인지감(知人之鑑 사람의 진면목을 알아봄)과 입현무방(立賢無方 능력에 따라 인재를 씀)의 통찰력과 혜안이 있었기 때문이었다.

류성룡은 청렴했다. 일본과 화해를 주장했다는 주화오국(主和誤

國) 죄명으로 이이첨 등 북인의 탄핵을 받고 안동으로 내려왔을 때 변변한 집 한 채 없었다. 피와 눈물을 흘리며 '징비록'을 썼던 하회마을 부근 옥연정사는 아는 스님이 빌려준 집이었다.

조촐한 주안상이 차려졌고 두 사람은 마주 앉았다.

"여해, 오랜만이네, 한 잔 괜찮겠지?"

바깥은 어둠을 뚫고 비가 추적추적 내리고 있었다. 늘어뜨린 대나무 발 사이에 비친 두 사람의 모습은 자못 심각했다. 류성룡은 왕의 동정과 동·서·북인으로 쪼개져 다투는 당쟁이야기 등 조정의 돌아가는 상황을 소상하게 말해주었다.

1597년 1월 일본의 재침이 가시화되자 왕은 비변사(備邊司 군국 최고기구) 회의를 긴급 소집해서 대책을 논의했다. 지체 없이 전군에 계엄령을 내리고 청야(淸野)의 방책을 쓰며 명나라에 다시 원군을 청병한다는 것이 골자였다.

"임진년엔 불시의 침범을 당해 청야책을 제대로 펴지 못했습니다. 이번엔 백성들로 하여금 미리미리 식량을 짊어지고 산성으로 들어가게 해야 하겠습니다. 또한 병기와 군량미도 여러 곳에 분산시킬 필요가 있습니다. 왜적들은 반드시 곡창지대인 전라도를 노릴 것이므로 그곳 방비를 더욱 튼튼히 해야 하겠습니다."

청야는 적군이 현지에서 식량이나 무기, 집 등을 쓸 수 없도록 모두 불을 태워 빈 공간으로 만드는 초토화 작전이다.

영의정 류성룡이 이같이 똑 떨어지게 매듭을 짓듯 아뢰자 왕은 느닷없이 손으로 책상 바닥을 땅! 땅! 땅! 치며 소리 내어 흐느꼈다.

"아아앙! 또다시 전란이라니. 이 일을 어찌한단 말이오! 복도 지지리도 없지…. 아앙!"

"전하! 망극하나이다."

신하들은 왕이 울음을 터뜨리자 어쩔 줄 몰라 일제히 고개를 숙이며 엎드렸다. 수군을 강화해야 한다는 데서 논쟁이 붙었다. 서인인 예조판서 윤근수가 상소를 올렸다.

"원균은 이순신과의 불화로 말미암아 충청도 우병사(종2품 육군)가 되었다가 전라도 좌병사로 옮겼습니다. 원균은 본디 해전에 능한 수군의 장수입니다. 그를 다시 경상우도 수사(정3품 수군)로 임명하는 것이 합당하다고 사료됩니다. 임진년 해전에서 군공을 세운 장수들을 꼽아보면, 원균이 그중 강직하고 용맹하였습니다. 그래서 왜적들도 조선의 수군을 두려워하고 있는 것입니다."

원균과 인척인 윤근수는 원균의 수사 재기용을 주장하고 나섰다. 그러면서 전쟁 초기 연전연승을 이끌었던 이순신의 존재감을 억지로 감추었다. 자기 편 사람을 두호하는 진영논리를 폈지만 왕은 모르는 체 받아들였다.

"으음, 훌륭한 건의이므로 짐은 가납한다."

이것은 앞으로 이순신의 수난을 예고하는 것이나 다름없었다.

"경들도 일전에 원균이 올린 장계를 알고 있을거요."

왕은 갑자기 보자기에 싼 두루마리를 풀고 환관을 통해 류성룡에게 전하게 했다. 그리고 큰 소리로 읽어보라고 했다.

"임진년 초기 적의 육군은 한 달 사이에 평양까지 침공하였으나 바다의 적은 패전을 거듭하고 남해 서쪽으로 오지 못했습니다. 우리나라의 방비는 오직 수군에 달려있습니다. 신의 어리석은 생각으로는 수백 척의 수군이 가덕도 뒤로 진출하고 날쌘 선단(船團)을 부산포 절영도 근해까지 보내 크게 위세를 보여야 할 것입니다. 신은 전에 바다를 방어한 일이 있기에 침묵을 지킬 수가 없어 감히 전하께 아뢰는 바입니다."

마지못해 원균의 장계를 읽고 난 류성룡은 모멸감을 느끼면서 심정이 착잡해졌다. 원균의 말은 그럴듯했으나 과연 실행할 수 있을까 의아스러웠다. 또 은연중 이순신을 폄훼하고 있는게 마음에 걸렸다.

"원균의 건의가 옳다고 보는데 경들의 생각은 어떻소?"

왕이 물었다.

"원균은 용감하고 훌륭한 수군장수입니다. 경상도를 담당하는 통제사로 승격시키는 게 좋을 듯합니다."

판중추부사 윤두수가 답했다. 윤근수의 형인 윤두수는 서인의 두목이었다.

"일단 이순신에게 삼도(전라, 경상, 충청) 수군을 통솔하게 한 이상 또 다른 통제사를 두어 수군을 쪼개는 것은 상책이 아니며 군령을 혼란스럽게 만들 염려가 있습니다."

류성룡이 작심하고 직언했다.

이즈음 전 현감 박성은 '순신가참(舜臣可斬)!', 이순신의 목을 마땅히 베어야 한다는 격렬한 상소를 올렸다. 조정은 이순신의 거취를 놓고 편이 완전히 갈렸다.

새벽닭이 울 무렵 류성룡의 집에서 나온 이순신은 왕벚꽃 나무 아래 주저앉아 눈물을 뿌렸다.

"울아, 아비가 여기서 좀 쉬었다 가도 되겠느냐."

동쪽 하늘에 '정승별(제갈공명의 별)'이라 불리는 새벽 별이 반짝이고 있었다. 아직 떨어지지 않았음으로 이순신은 안도의 한숨을 크게 쉬었다. 천근만근으로 눈꺼풀이 감기는 것을 도저히 참을 수 없었다.

먹구름이 희미한 달빛마저 가렸으므로 사위는 칠흑같이 어두웠다. "으엉!" "으어엉!" 암컷을 부르는 수컷 늑대의 울음은 처절했다. 목멱산에 비가 음산하게 내렸고 산 너머 남풍이 불어와 스산했다. 갑작스런 회오리 바람에 벚꽃이 송이송이 휘날려 떨어졌다. 그때 소름 끼치는 기이한 귀곡성이 어디에선가 들려왔다. 맞아 죽고 굶어 죽은 원귀의 한 서린 울음 같았다. 이순신은 목무덤에서 삐죽삐죽 튀어나온 탐관오리의 주검을 밟고 걸어갔다. 조각난 이무기는 꿈틀거리며 형체를 맞춰가고 있었다. 떨어진 꽃잎을 더 움켜쥐기 위해 주검과 이무기가 엎치락뒤치락 아귀다툼을 벌이는 모습은 지옥도(地獄道)를 방불케 했다.

그때 허공의 달빛을 사선으로 가르며 날카로운 장검이 쏜살같이 날아들었다. 저 멀리 서애 대감으로 보이는 사람이 쥔 칼에서 피가 뚝뚝 떨어지고 있었다.

"한번 휘둘러 쓸어버리니 피가 산하를 물들였도다." 이 소리는 점차 공명해 더 크게 울려 퍼졌다.

"아아악!" 이순신은 헛것을 본 것처럼 소스라치며 비명을 질렀다. 이마에 구슬땀이 송글송글 맺혔다.

"아버님, 아버님, 또 악몽을 꾸셨습니까?"

아들 울의 목소리는 애처롭게 들렸다.

이순신의 항명
"광화문으로 진격하라"

나랏일을 공깃돌처럼 갖고 노는 암군…
피가 끓어 올랐다

03

선조(宣祖)의 의심

　백의종군 남행길이 본격적으로 시작되었다. 인솔자 금오랑(의금부 도사) 이사빈 일행은 먼저 떠나 수원부에 도착했다. 이순신은 동작나루를 건너 과천을 지나 인덕원 느티나무 그늘에 말을 매어놓고 바위를 베개 삼아 누웠다.

　가없는 하늘엔 흰 구름이 두둥실 떠서 어디론가 흘러가고 있었다. 음력 4월 따사로운 햇볕 아래 봄바람이 살랑여 상처 난 마음을 조금이나마 다독여주었다. 저물녘 수원에 들어가 한 병사의 집에서 잠을 잤다.

　다음날 수원 부사 유영건이 와서 만났다. 독성 아래에 이르니 판관(종5품) 조발이 술을 준비하여 장막을 설치하고 기다렸다. 몹시 취하도록 술을 마시고 길을 떠나 평택의 옛길을 거쳐 냇가에서 말을 쉬게 했다. 오산 황천상 집에 가서 늦은 점심을 먹었다.

　그는 짐이 무겁다며 말을 내어 실어 보내게 했다. 고마운 일이었다. 수탄을 거쳐 평택현 이내은손(李內隱孫)의 집에 투숙했는데 주인이 매우 친절하게 대했다. 자는 방이 아주 좁은데 뜨겁게 불을 때서 땀에 흠뻑 젖었다. 간간이 빈대에 물렸지만 그런대로 잠을 푹 자니 한결 기분이 살아났다. 또 보리밥을 해온 사람도 있었다. 이순신은 며칠 동안의 남행 일을 일기에 꼼꼼히 적었다.

'이제 조금만 더 가면 아산 집이 나올 것이다.' 젊은 시절 북방(평안도, 함경도)에 근무하면서 여진족과 싸우고 중년 이후에는 남해안 왜군을 막느라 부인 방씨의 얼굴을 제대로 본 지가 7년이 넘었다. 큰아들 회, 막내 면과 어여쁜 딸이 눈앞에 어른거렸다.

"어머니! 어머니!" 이순신은 어린아이처럼 허공에 대고 소리를 질렀다. 어머니를 똑 닮은 구름 속에서 가녀린 목소리가 들려왔다.

"순신아, 에미다. 몸은 괜찮으냐."

"네, 어머님은 어떠세요? 보고 싶어요."

이순신은 7년 전 전라좌수사로 순천부(지금의 여수)에 부임한 뒤 여든을 바라보는 노모를 웅천 정대수 장군 집에 모셨다. 그 어머니는 아들이 한산도에서 의금부로 잡혀갔다는 말을 듣고 아연실색해서 바닷길을 통해 고향 아산으로 올라오고 있었다.

세월이 하 수선한 때였다. 내우외환! 나라 안팎으로 온갖 시련과 고난이 들이닥쳤다. 일본의 재침이 예고된 판에 조정은 "원균을 살리고, 이순신은 죽여야 한다"는 서인·북인·남인 간에 치열한 설전이 벌어졌다. 왕은 또 이순신이 역심(逆心)을 품고 있다는 의심을 놓지 않고 있었다.

1597년 정월 정유재란이 일어났다. 도요토미 히데요시(豊臣秀吉)는 2차 침공의 명목을 조선에 뒤집어씌웠다. 일본을 다녀온 통신사 황신이 부산에서 올린 장계엔 일본 측의 선전포고가 들어있었다.

"조선은 명과의 화의에 끼어들어 이간질로 파탄을 냈다. 그 죄를 준엄하게 묻지 않을 수 없다. 그래서 응징 차원에서 출병하는 것이다. 내 당장 뛰어들어가고 싶은 마음 굴뚝 같으나, 사태를 예의주시한 뒤 결정하겠다."

관백(關伯 천황을 대신하는 국정 최고 운영자) 히데요시는 재침의 대의명분을 이렇게 밝혔다. 대륙과 해양 세력의 틈바구니에서 조선은 국가 사활이 걸린 생존전략에 매진했어야 했다. 그러나 명나라에게는 존명사대의 예를 올리는 조공국이었지만, 일본과 여진은 오랑캐 취급하며 그쪽 사정을 알려고 하지 않았다. 일본은 1543년 포르투갈 상인으로부터 화승총을 구입해서 자체 개발에 전력을 쏟고 있었다. 조선의 왕은 그저 명나라 천자(天子)에 기대어 안위를 보장받는 사대(事大)에 만족했고 스스로 자강하려는 노력은 등한시했다.

제왕학에서 가장 중요한 덕목은 망전필위(忘戰必危), 유비무환(有備無患) 정신의 확립이다. 전쟁을 잊으면 반드시 위태롭고 미리 준비하면 환란이 없을 것이라는 교훈은 만고불변의 진리다. 그런데 조선 왕과 대신들은 당리당략 입씨름에는 귀신이었지만, 외교와 국방, 백성에 관한 한 등신과 같았다. 하늘은 이렇게 직무를 태만하게 한 조선 왕에게 외침이나 민중 반란으로 준엄한 심판을 내리곤 했다. 그러나 민족 특유의 급망증으로 인해 그때뿐이었다.

춘사월 호시절이 왔건만, 이순신에게는 춘래불사춘(春來不似春)! 산천은 파릇한 봄을 몰고 와 생기가 돋았지만 이순신의 마음은 어둡고 답답하기 그지없었다.

"크하아!"

손발이 다 묶인 이순신은 하늘을 쳐다보며 한숨을 길게 내쉬었다.

그때 피골이 상접해 광대뼈가 툭 튀어나온 중늙은이가 다가왔다.

"댁은 뉘시요?"

"조~기 평택에 사는데 애들이 하도 배고프다고 징징대서 나와봤소."

"그래, 뭐 먹을 것 좀 찾았소?"

사내는 고개를 절래절래 흔들며 한탄 조로 느릿하게 말을 했다.

"마누라는 나무껍질, 산나물, 쑥을 캐고 지는 강에서 잉어, 붕어, 피라미를 잡는데…. 근데 노인은 왜 여기 있소?"

"나요? 난리통에 정처 없이 떠돌아다니는 사람이요."

"꾀죄죄한 행색을 보아하니 그렇긴 한데, 말과 하인이 있으니 지체 높은 사람이 아니겠소?"

멀리서 그 가족들이 성큼 다가왔다.

"아부지, 빨랑 고기 잡아줘유! 배가 등가죽에 착 달라붙었당게유."

열 살쯤 되는 어린아이들은 반들반들 검은 때가 탄 홑껍데기 잠뱅이를 걸치고 있었다.

"울아, 저 아이들에게 이거라도 갖다주어라."

이순신은 괴나리봇짐에서 주섬주섬 삶은 감자 두 개를 꺼냈다. 아이들은 마파람에 게 눈 감추듯 후딱 먹어치운 뒤 다시 괴나리봇짐을 뚫어지게 쳐다봤다.

"여태껏 피난 간 집 곡식을 탈탈 털어서 그런대로 호구책을 했습니다만, 이젠 그마저도 동이 나서 이렇게 산과 강을 헤매며 죽지 못해 살고 있습죠."

"조금 전 평택이라 했오? 거긴 원균 장군 고향이 아니오."

"네. 근데 남쪽에서 이순신 장군과 불화를 겪다 수군통제사가 됐다던데? 그 양반 성격이 워낙 고약해서 부하들이 어디 지대로 붙어있겠어유."

"으음…."

"노인장, 이순신 장군이 왜적을 물리쳐서 도망간 왕이 돌아왔다지유? 근데 왕이 이 장군을 잡아다가 고문으로 죽였다던데요."

"그럴 리가 있겠소."

"못 들었소? 아니 세상에 좌악 퍼진 소문입니다요."

"어무이! 배고파 죽겠다니께유! 빨랑빨랑 뭣 좀 줘유."

"나도!"

아이들의 처량한 칭얼거림이 이순신에게는 천둥소리같이 들렸다.

"얘들아! 보채지 좀 말구 지둘러. 아부지가 언능 고기 잡아 올거야. 응?"

"으이구 망할 놈의 세상! 그래도 임진년에는 휘황찬란한 투구를 쓴 일본 장수가 쌀, 보리, 좁쌀을 나눠줘서 멀건 죽이라도 끓여 먹었지만…, 근데 우리 나라님은 어디를 가셨나. 코빼기도 보이질 않으니 허 참."

이들과 가벼운 목례를 나누고 돌아서는 이순신 등 뒤에서 남정네의 뒷말이 들려왔다.

고니시 유키나가(小西行長) 수하에 요시라는 조선말에 능한 통사가 있었다. 그 위인은 민첩하고 영악하여 첩자 노릇을 제법 잘 해냈다. 요시라는 대마도주인 소 요시토시(宗義智)의 장인이자 상전인 고니시의 측근이었다.

고니시와 가토 기요마사(加藤淸正)가 서로 앙숙인 것을 모르는 조선 사람은 없었다. 왜란 3년째 명과 일본은 강화를 시작했고 전쟁은 소강상태에 빠졌다. 이때 요시라는 무시로 조선군 진영을 드나들며 수령들과 한데 어울리며 수작을 부렸다. 그는 관백 히데요시와 가토에 관한 내밀한 정보를 흘리고 다니며 환심을 샀다.

왕과 서인 세력은 '이중간첩' 요시라에 대한 기대를 한껏 하고 있었다. 왕은 급히 비변사의 회의를 소집했다.

"그 요시라라는 자의 탐보는 믿을만한 것인가?"

서인인 예조판서 윤근수가 재빨리 나섰다.

"고니시와 가토는 서로 죽이려고 하는 앙숙입니다. 요시라 말에 가토가 지금 대마도에 머물러 있다 하니, 이순신에게 명하시여 부산포 바깥 바다에 나가 매복해 있다가 가토를 사로잡거나 죽인다면 환난을 막을 수 있을 겁니다."

이즈음 황신과 경상우병사 김응서에 이어 도원수 권율마저 요시라의 공훈을 참작하여 벼슬을 내려주기를 청하는 장계를 올렸다. 왕은 권율의 건의에 따라 요시라에게 돈용교위(敦勇校尉)라는 정6품 무관직을 수여했다.

"요시라는 조선의 벼슬을 받고 감격하여 귀순할 뜻이 있는 겁니다. 항왜(降倭 항복한 왜군) 가운데 김충선(사야가) 같이 조선에 충성을 다하고 있는 사람이 적지 않은 터에 요시라를 공연히 의심할 까닭은 없다고 여겨집니다."

서인인 좌의정 김응남의 말이었다. 남인으로 분류되는 온건파인 영의정 류성룡은 아무래도 왜적들의 반간책(反間策 이간질) 같은 느낌이 들었으나 자신의 의견을 말하지 않았다.

"요시라가 우리 편이래. 왜군 소식을 미주알고주알 다 말해주니 정말 우리 편 맞아! 맞지?"

조정 안팎에서 환관도 상궁도 나인도 "요시라! 요시라! 우리 요시라"를 외치며 어깨춤을 추고 다녔다.

"그렇다면 권율에게 밀지를 내려 이순신을 출동시켜 가토를 생포하도록 하오."

왕은 요시라에 대한 일말의 기대를 하며 이같이 전교했다. 1597년 정유년 1월 하순, 왕의 명을 받은 권율과 황신은 득달같이 한산도로 달려갔다. 이순신은 류성룡이 보낸 편지를 통해 조정의 동정을 대강은 알고 있었다.

한겨울 한산도 바닷가, 먹구름이 낮게 드리우고 풍랑이 거센 추운 날씨였다. 통제사 이순신은 휘하 장수들과 함께 권율 일행을 운주당 온돌방으로 안내했다.

"영감! 우병사 김응서 보고에 따르면 가토가 이달 말쯤 부산포에 당도한다는 것이오."

그러자 이순신이 반문했다.

"대감께선 요시라라는 자를 믿으십니까?"

"그야, 나도 알 수 없는 일이지요. 허나."

"아무리 고니시가 가토를 미워한다 할지라도 필경 한통속인 왜적들이 아닙니까. 왜군과 조선군 사이를 왕래하며 첩자 노릇이나 하고 있는 수상한 자의 세 치 혀를 믿고 경솔하게 군선을 출진시킬 수는 없소이다. 음."

만일 많은 병선을 이끌고 간다면 적에게 발각될 것이고 소수의 병선으로 간다면 적의 복병한테 당하기 십상이라는 말도 덧붙였다. 그러면서 왕의 뜻을 어기고 있는 자신의 운명을 예감하듯 침통한 표정을 지었다. 아무리 왕의 명령이지만 적의 함정에 빠져 졸지에 수군을 패망시킬 수는 없다는 게 이순신의 전략적 판단이었다. 또한 뒷전에서 콩 놔라 팥 놔라 하는 조정 중신들의 요설도 마뜩찮았다. 나중에 밝혀진 일이지만 가토는 이미 거제 장문포에 도착해 있다가 울산 서

생포 왜성으로 옮겨갔다. 왕이 길게 탄식하며 입을 열었다.

"이제 순신에게 어찌 가토의 머리를 베어올 것을 바랄 수 있겠는가. 그저 유람하듯 배를 띄워 시위나 하면서 한가하게 돌아다닐 것이오."

그러자 서인 두목 윤두수가 받았다.

"이순신이 조정의 명을 받지 않고 싸움에 나가기 싫어하는 통에 큰 계책을 성사시키지 못했습니다. 당장 죄를 물으셔야 합니다."

"흠, 순신이란 대체 어떤 사람인가? 근래 들으니 대단히 간사한 사람이라 하오. 여기 영상(류성룡)도 있지만 이제 순신이 가토의 목을 바친다 하더라도 결코 속죄하지는 못할 것이오."

이순신의 목숨은 바람 앞의 촛불 신세였다.

"순신은 같은 동네 사람입니다. 신이 젊어서부터 알고 있는바 능히 자신의 직책을 감당할 만한 사람입니다."

류성룡이 차분히 답했다.

"글은 잘하오?"

"문장과 시를 잘합니다. 다만 성격이 강직하고 남에게 굽히지 않습니다. 그래서 신이 수사로 천거했던 것이며 임진년의 전공으로 정헌대부(정2품)까지 올랐는데 이것이 과했던 것 같습니다. 대개 장수란 바라는 대로 되면 마음이 흡족해지고 교만해지기 쉬운 법입니다."

류성룡은 이순신을 보호한답시고 자칫 왕의 역정을 돋우어 역효과가 나는 것을 막기 위해 본의 아니게 말했다.

"순신은 자신의 공로를 내세워 교만하고 나태해진 것이다. 아마 지금쯤 전라도를 보전한 것이 자기 혼자의 힘이라고 자랑하고 있을 것이다. 음."

왕의 이순신을 향한 의심의 눈초리는 항상 번득였다. 3년 전 거제 장문포 왜군을 치라는 왕명을 충실하게 수행하지 않은 것도 마음속에 꽁꽁 담아두고 있었다. 이때 총지휘관은 체찰사 윤두수였다. 왜군이 전투를 피해 뚜렷한 전과(戰果)가 없자 이순신에게만 책임을 떠넘겼다.

왕의 마음속엔 이미 원균이 자리잡고 있었다. 좌의정 김응남이 재빨리 눈치를 채고 아뢰었다.

"전하, 수군 장수로는 원균만 한 인물이 없습니다. 원균을 재등용해야 할 것입니다."

왕은 기다렸다는 듯이 고개를 끄덕였다.

"원균을 수군의 선봉으로 삼을까 하오."

"지당하신 말씀입니다."

북인 거두 이산해가 나서며 장단을 맞추었다. 무신불립(無信不立)! 왕과 신하 사이에 신의가 이미 사라졌으므로 둘 사이는 같이 갈 수 없게 됐다. 명·일 강화협상이 한창이던 1594년 어느 봄날 명 황제의 선유도사 담종인(譚宗仁)이 이순신 앞으로 '금토패문(禁討牌文)'을 불쑥 보내왔다. 금토패문은 왜군을 토벌하지 말라는 명령서였다.

"조선 수군은 왜군에 절대 가까이 가서는 안 되고, 시비도 걸지 말고, 또 수군을 모두 해산시켜 고향으로 돌려보내라."

이 무슨 가당찮은 뚱딴지같은 소리란 말인가. 어처구니가 없어 할 말을 잃은 이순신은 즉각 반박문을 써서 담 도사에게 보냈다.

"이게 정말 황제의 명입니까? 불의한 세력을 토벌하는 게 무슨 죄가 됩니까?"

자칫 천자인 명 황제에 대한 도전으로 읽힐 수 있는 위험천만한 행동이었다.

　남쪽으로 가는 이순신의 머릿속에 온갖 상념이 떠올라 번뇌의 포로가 되고 말았다. 느티나무 고목에 기대어 잠시 쉬던 이순신은 곤한 나머지 깜빡 잠이 들고 말았다. 무엇 때문인지 갑자기 피가 끓어오르는 느낌에 두 주먹을 불끈 쥐었다. 그것은 거룩한 분노 같았다. 나랏일을 공깃돌처럼 갖고 노는 무능한 암군(暗君), 당리당략으로 찧고 까부는 간신배들과 담종인의 황당한 갑질에 대해 응징하려는 자세 같았다.

　"그 누구도 천벌을 면치 못하리라!"

　늙은 느티나무의 신통력을 받은 이순신은 허공으로 뛰어올라 두 자루의 칼을 번득이기 시작했다.

　"이 무도한 자들을 모조리 벨 것이니라!"

　휘잉! 휘잉! 공기를 가르는 소리가 명쾌했다.

　종횡무진! 위로, 아래로, 앞으로, 뒤로, 꺾고, 옆으로 비틀고 회전하면서 용이 되어 승천하려던 어줍잖은 잠룡들의 대가리를 싹둑싹둑 잘라 버렸다. 땅엔 이무기 사체들이 즐비했다. 베어진 간신배들의 해골에서 독사가 떼로 쑤욱쑤욱 튀어 나와 맹독을 뿜어댔다. 왕 독사가 갈라진 혀를 날름거리며 이순신에게 날아왔다. 순간 예리한 칼날이 회전하며 돌면서 독사의 모가지를 댕강댕강 모두 작살냈다. 쌍칼은 자유자재로 춤을 추면서 거칠 것이 없었다. 피가 이순신의 얼굴에 튀었다.

　"아아악!"

　곁에 있던 아들 울이 아버지를 끌어 앉고 울먹였다.

　"아버님, 아버님. 이제 저 고개만 넘으면 우리 집입니다요. 흑."

이순신의 항명
"광화문으로 진격하라"

04

천형의 가시밭길

아산 땅 저 멀리에 선산이 어렴풋이 보였다. 무럭무럭 피어오르는 아지랑이 춤에 선산이 흔들렸다. 한성을 떠나 과천 수원 오산 평택을 거쳐 닷새 만에 아산 땅 둔포에 이르렀다. 오는 길에 "장군님을 모시고 대접하겠다"는 집들이 즐비했고, 말을 내어주는 사람도 드물지 않았다. 혼탁한 세상에서 그래도 따뜻한 인심이 살아있음을 이순신은 느낄 수 있었다.

둔포 어라산 기슭에 있는 선산은 언뜻 보아도 수목이 들불에 타고 말라비틀어져서 볼썽사나웠다. 이순신은 부친 정(貞)의 묘소 앞에 엎드려 곡을 올렸다. 다른 조상의 묘소 아래서 절하고 곡하느라 한참 동안 일어나지 못했다.

저녁때 어머니 초계 변씨 외가로 가서 사당에 절하고 그 길로 큰 조카 뇌의 집에 가서 조상의 신주앞에 엎드렸다. 장인, 장모의 신위 앞에 절하고 바로 작은 형님(요신)과 아우 여필(우신)의 부인인 제수의 사당에도 올라갔다.

아산 토호인 방진(方震)은 보성군수를 역임한 무관 출신으로 이순신에게 무인의 길을 열어준 사람이다. 이웃 동네 건실한 청년으로 소문난 이순신은 스물한 살 되던 해 방진의 무남독녀 외동딸과 백년가약을 맺었다. 장인 방진은 이순신에게 무과시험 공부를 권했다.

"자네 집안일은 아무 걱정하지 말고 무과 준비에 매진하도록 하게. 자네 같이 완력이 세고 정신력이 강하다면 능히 가능한 일일 것이야. 아암."

방진의 데릴사위가 된 이순신은 문과의 사서삼경은 물론 무과의 무경칠서(武經七書)를 달달 욀 정도로 학업에 힘썼다. 또 당대의 명궁(名弓)인 장인으로부터 활쏘기 훈련을 단단히 받았다. 말을 타고 화살을 쏘는 기사(騎射) 훈련은 방화산 자락을 오르내리며 이루어졌다.

본가에 들어선 이순신은 부인 방씨와 상면했다. 실로 7년 만의 일이었다.

"여보!"

대문에 들어선 이순신의 목소리는 작고 낮았다.

부인 방씨는 초라한 몰골의 지아비를 보자마자 고개를 돌려 흐느꼈다.

이순신도 하늘을 올려다보며 꺼억꺼억 눈물을 삼켰다.

"여보, 그간 아이들하고 집을 지키느라 얼마나 고생이 많았소? 정말 미안하구려."

부인 방씨는 그제서야 지아비에게 다가와 다소곳이 얼굴을 묻으며 어깨를 들썩였다. 이 모습을 바라보던 큰아들 회, 막내 면, 딸이 아버지와 어머니를 안아드렸다. 일가친척과 친구들이 모여 집안은 시끌벅적했다. 역참 일을 보는 홍 찰방과 이 별좌(종5품)가 흥에 겨워 창(唱) 두어 가락을 뽑았다.

　그러나 이순신은 전혀 흥을 느낄 수 없었다. 동네 사람들이 각기 술병을 가져와 먼 길을 가는 이순신을 위로하기에 거절하지 못하고 몹시 취했다. 모임은 늦게 파했다. 마침 금부도사 이사빈이 아산현에서 왔기에 어머니 친척인 변홍백의 집에서 극진히 모셨다.

　이날 밤 꿈자리가 뒤숭숭했다. 돌아가신 장인이 나타났고 방화산 치마장(馳馬場)이 어슴푸레 모습을 드러냈다. 장인과 함께 말을 달리면서 화살을 쏘던 기사(騎射) 훈련장이었다. 그 아래 활터는 여전했다. 커다란 은행나무 암수 두 그루가 반기는 듯 움직였다. 활터에는 호랑이, 용 문양의 과녁이 붙어있었다. 임금이 계신 북쪽을 피해 남쪽에 설치된 과녁이었다. 어금니를 앙다문 이순신은 활시위를 잡은 깍짓손을 높이 쳐들고 힘껏 잡아당겼다.

　피용! 시위를 떠난 철전(鐵箭 무쇠살)이 순식간에 '백수의 왕'인 호랑이 과녁 정중앙에 팍 꽂혔다. 두 번째 화살은 호랑이 눈을 콕 찔렀다. 이렇게 십여 대의 화살이 날아가 호랑이 면상은 갈가리 찢어졌다.

　순간 얼굴에 피범벅을 한 사람이 혼백처럼 얼핏 스쳐 지나갔다. 이순신은 모두 5순의 화살을 쏘았다. 1순이 5대이니 25발을 쏜 것이다. 마지막 남은 두 개의 화살은 화전(火箭 불화살)이었다. 화전 하나가 용의 목 아래 한 자쯤 되는 역린(逆鱗)을 향했다. 자고로 역린을 건드린 사람치고 살아남은 사람이 없다는 것은 삼척동자도 다 아는 사실이었다.

　활시위를 떠난 불화살은 공기에 부딪혀 씨잉~ 울면서 역린을 정확히 맞혀 떨어뜨렸다. 용은 괴로운 듯 후하황 괴성을 지르며 큰 몸을 이리저리 뒤척였다. 이어 검붉은 화염과 푸르른 맹독을 뿜으면서 이순신을 향해 잡아먹을 듯 달려들었다. 꼼짝없이 당할 처지에 놓인 이순신은 괴성을 질렀지만 가위에 눌린 탓인지 소리가 밖으로 나오지 않아 괴로워했다.

그때 나타난 장인이 마지막 불화살로 용의 눈을 겨냥해 정곡을 찔렀다. 화염에 휩싸인 용은 길길이 날뛰며 크르렁 크르렁 용트림을 쏟아냈다. 그 소리가 하도 커서 천지가 개벽하는 것 같았다. 몸통을 비꼬며 요동치던 용은 마침내 마른하늘에 천둥 번개를 불러왔다. 우르릉~ 꽈꽝! 수많은 역린 조각들이 날아올라 하늘의 해를 가렸다. 어두컴컴한 하늘에서 요란한 천둥소리가 천지를 진동했다. 번갯불을 맞아 붉게 튀겨진 용은 추락하자마자 산산조각이 나 숯이 되었다.

아아악! 이순신은 소스라치게 놀라며 잠에서 깼다. 곁에 누워있던 방씨 부인이 땀에 흠뻑 젖은 지아비의 가슴을 보듬었다. 지어미가 호롱불을 켜고 머리맡 자리끼를 건네자 이순신은 단숨에 들이켰다. 식은땀을 흘리던 이순신은 정신이 혼미한 듯 스르륵 무너졌다. 지어미는 지아비의 젖은 속옷을 하나씩 벗겨서 새 옷으로 갈아입혔다. 이순신은 지어미의 품속으로 깊이 파고들었다. 호롱불이 꺼졌다. 장독대 옆 봉곳이 솟은 백합 봉오리가 살며시 터졌다.

새벽닭이 울 무렵 비몽사몽 간에 흰옷을 입은 어머니가 나타나 눈물을 흘리고 있었다. 어머니! 어머니! 어머니!

참으로 기이한 꿈이었다. 용의 눈, 역린, 불화살, 피범벅 호랑이, 소복 입은 어머니의 눈물이 뇌리에서 지워지지 않았다.

'백 년을 다 살아도 삼만육천 일, 우리네 삶이란 풀잎에 맺힌 아침 이슬과도 같이 허무한 것인가.' 이른 아침 이순신은 마루에 홀로 앉아 인생무상의 덧없음을 느꼈다.

이튿날 안흥에 보냈던 종이 돌아와 모친 일행이 선편으로 무사히 도착했다는 기별을 전했다. 그렇다면 곧 인주의 해암(蟹巖 게바위) 나루에 도착할 것이다.

이순신이 먼 친척 집에서 잠시 쉬고 있을 때 어머니를 모시는 종 순화가 헐레벌떡 달려와 발밑에 쓰러지며 통곡을 했다.

"영감마님, 영감마님, 으흐흑. 노마님께서, 노마님께서…. 으흐흑."

이순신은 직감적으로 불길한 생각이 떠올랐다.

"아니 어머님이? 무슨 변고라도…."

종 순화는 아무 말도 못하고 하염없이 눈물만 흘렸다.

어머니가 돌아가셨다는 청천벽력 같은 소리였다. 이순신은 혼이 나간 듯 한참을 멍하니 서 있었다. 겨우 정신을 가다듬고 나루터로 말을 달렸다. 시신은 선실에 정중히 모셔져 있었다. 향년 83세. 어머니 변씨 부인은 아들의 하옥 소식을 듣고 노환을 무릅쓰고 여수에서 바다길로 올라오고 있었다. 충청도 해안에서 큰 풍랑을 만나 배멀미에 시달린 끝에 손을 쓸 겨를도 없이 쓸쓸히 운명했다.

1597년 4월 13일 맑음.

"어머니의 부고를 듣고 달려나가 가슴을 치고 뛰며 슬퍼하니 하늘의 해조차 캄캄해 보였다. 바로 해암으로 달려가니 배는 벌써 와 있었다. 길에서 바라보며 가슴이 찢어지는 슬픔을 이루 다 적을 수 없다."

갑자스레 당한 일이라 경황이 없는 가운데 홍 찰방과 이 별좌가 관을 만들었고 오종수는 입관을 도왔다. 전경복은 밤새 상복을 만들었다. 이순신은 남의 상사(喪事)를 자신의 일처럼 맡아 처리해준 사람들에게 뼈가 가루가 되도록 잊지 못할 고마움을 느꼈다. 한편 지체하지 말고 도원수 군영으로 종군하라는 지엄한 왕명이 떠올라 가슴을 짓눌렀다. 격식과 절차를 제대로 갖추어 장사를 지낼 수 없어 서둘러 선산으로 운구하여 하관했다.

"어머님, 이제 돌아가시는 것입니까. 저도 곧 따라가겠습니다. 어머님. 으흐흑."

이순신은 어머니 봉분에 엎드려 엉엉엉 대성통곡을 했다. 그저 어서 빨리 죽고 싶은 심정이었다.

이순신은 1576년 32세 나이로 무과급제 후 22년 동안 북로남왜(北虜南倭), 북방 여진 오랑캐와 남방 왜구를 방비하느라 변방을 떠돌았다. 그런 이순신은 가족과 일가친척을 끔찍이 아꼈다.

1589년 인사권을 가진 이조판서가 된 류성룡이 이순신을 정읍 현감(종6품)으로 발령을 냈다. 과거 급제 후 13년 만에 현감이 된 이순신은 평소 마음의 빚을 갚기로 마음먹었다. 일찍 세상을 떠난 두 형 희신과 요신의 아들인 조카들 일이었다. 어머니 초계 변씨와 두 형수 및 조카와 아들, 종 등 모두 합쳐서 24명의 가솔(家率)을 데리고 임지로 내려갔다. 그러자 너무 많은 식솔을 데려간다며 '남솔(濫率)'이라는 비난이 일었다.

"내가 차라리 남솔의 죄를 지을지언정 이 의지할 데 없는 어린 것들을 차마 버리지 못하겠습니다." 이순신은 눈물을 흘렸다.

이렇게 가엾은 사람을 측은히 여기는 마음은 나중에 애민 정신으로 발휘되었다. 이순신은 아버지와 두 형이 모두 일찍 세상을 뜸으로써 실질적인 가장이었다. 홀어머니는 그런 이순신을 믿고 의지할 수밖에 없었다. 부친 이정은 비록 벼슬을 하지는 않았지만, 유학에 조예가 깊어 세 아들의 이름 자를 중국 삼황오제(三皇五帝)에서 차용해 지었다.

큰아들 희신(羲臣)은 '목축의 신' 복희씨(伏羲氏)의 신하요, 둘째 요신(堯臣)은 태평시대를 연 요(堯) 임금의 신하이고, 셋째 순신(舜臣)은 효자로 이름난 순(舜) 임금의 신하였으며, 막내 우신(禹臣)은 치수를 잘 다스린 우임금의 신하가 됐다.

이름은 사람을 만든다. 효행으로 유명했던 순 임금과 마찬가지로 이순신도 유별난 효자였다.

"이순신은 두 형의 어린 자녀들을 자기 친자식같이 어루만져 길렀다. 출가시키고 장가보내는 일도 반드시 조카들이 먼저 하게 해주고 친자녀는 나중에 하게 했다."

류성룡은 '징비록'에서 이렇게 밝혔다.

이순신은 큰형 희신의 아들(뇌, 분, 번, 완)과 둘째 형 요신의 아들(봉, 해)을 친아들 회, 열, 면보다 먼저 장가를 보낸 것이다. 모두 홀어머니를 향한 효심(孝心)일 터이다. 이순신은 어머님에 대한 그리움을 난중일기에 백여 차례 절절하게 술회했다.

1592년 정월 초하루 맑음.

"새벽에 아우 여필(우신)과 조카 봉, 맏아들 회가 와서 얘기했다. 다만 어머니를 떠나 두 번이나 남쪽에서 설을 쇠니 간절한 회한을 이길 수 없다."

일기를 쓰기 시작한 첫날에 이순신은 팔순을 바라보는 노모부터 걱정했다.

1592년 5월 4일은 어머니 생일이었다.

"오늘이 어머니 생신날인데 적을 토벌하는 일 때문에 찾아뵙고 축수의 잔을 올리지 못하니 평생 한이 될 것이다. 홀로 멀리 바다에 앉았으니 가슴에 품은 생각을 어찌 말로 다하랴."

5월 4일은 전라 좌수군이 경상도로 출진하는 날이었다. 이순신은 군관 송희립, 광양현감 어영담, 녹도만호 정운, 방답첨사 이순신(李純信 동명이인), 흥양현감 배흥립 등 제장들과 함께 옥포의 왜적을 토벌하기 위해 여수를 떠났다. 마침 그날은 왜군 15만 대군이 파죽지세(破竹之勢)로 북상해 한성에 무혈입성한 즈음이다. 왕은 이미 임진강을 건너 북으로 몽진을 떠났다. 5월 7일 이순신이 올린 옥포해전의 첫 승전보를 받아든 왕은 뛸 듯이 기뻐하며 감격의 눈물을 흘렸다. 조정은 눈물바다가 되었다.

"역시 이순신이로군. 그것도 약체인 조선 수군이 말야. 허허. 근데 이게 꿈이야 생시야?"

피난길의 왕은 아주 오랜만에 이를 하얗게 드러내며 박장대소했다.

"용장 이순신의 품계를 올려줘라. 그리고 남쪽으로 빨리 내려가 나의 무한한 신뢰를 전하라."

왕은 언제 변할지 모를 용병술로 한껏 뽐냈다.

이순신은 한산도로 진을 옮기기 전인 1593년 5월 일흔아홉 살 노모를 전라좌수영 가까운 고음천으로 모셔왔다.

1594년 1월 11일 흐리나 비가 오지 않음.

"아침에 어머님을 뵈려고 배를 타고 바람을 따라 고음천에 도착했다. 남의길, 윤사행, 조카 분과 함께 갔다. 어머님께 배알하려 하니 어머님은 주무시고 계셨다. 큰 소리로 부르니 놀라 깨어 일어나셨다. 숨을 가쁘게 쉬시어 살아 계실 날이 얼마 남지 않으신 듯하여 감춰진 눈물이 흘러내렸다. 그러나 말씀을 하시는 데는 착오가 없으셨다. 적을 토벌하는 일이 급하여 오래 머물 수가 없었다. 다음날 어머님께 하직을 고하니 '잘 가거라. 부디 나라의 치욕을 크게 씻어야 한다'라고 분부하여 두세 번 타이르시고 조금도 헤어지는 심정으로 탄식을 하지 않으셨다."

대설국욕(大雪國辱)! 어머니는 아들에게 나라의 치욕을 크게 씻어야 한다는 충을 이야기했고 아들은 효로써 어머니를 극진하게 대했다. 효는 만행의 근본이다. 장군의 효심은 곧 충심으로 이어졌다. '효자 가문에서 충신 난다'는 말 그대로였다.

1595년 1월 1일 맑음.

"촛불을 밝히고 홀로 앉았다. 나랏일을 생각하니 나도 모르게 눈물이 주르륵 흘렀다. 또 편찮은 팔순 어머니를 걱정하며 밤을 새웠다."

오매불망, 자나 깨나 어머니를 잊지 못하던 이순신은 1596년 10월 7일 어머니를 위로해줄 좋은 기회를 맞았다. 82세 된 노모를 위한 수연 잔치를 여수 본영에서 차려드리게 된 것이다. 이것이 마지막 효도가 될 줄은 꿈에도 몰랐다. 이듬해 2월 이순신은 왕명을 어겼다는 이유로 한산도에서 한성 의금부로 끌려갔기 때문이다.

무심한 세월은 흘러 어느덧 1597년 4월 13일 어머니가 돌아가시는 변고를 당했다. 이순신은 붓을 들어 한 글자씩 적어나갔다. 굵은 눈물방울이 자신도 모르게 뚝뚝 떨어지는 바람에 한지는 이내 검은 먹물로 뒤범벅이 되었다.

"일찍 나와서 길을 떠나며 어머님 영전에 하직을 고하고 울부짖으며 곡하였다. 어찌하랴, 어찌하랴. 천지 사이에 어찌 나와 같은 사정이 있겠는가. 어서 죽는 것만 같지 못하구나. 큰조카 뇌의 집에 이르러 조상의 사당 앞에 하직을 아뢰었다."

천륜을 가르는 고통은 이처럼 아리고 쓰렸다.

이틀 전 의금부 서리 이수영이 공주에서 와서 남행길을 재촉했다. 하지만 이순신은 차마 어머니의 영전을 떠나지 못하다가 19일 그를 따라나섰다. 당시 부모상을 당하면 3년간 산소 옆에 움막을 짓고 시묘살이하는 게 관례였다. 그러나 할 수 없이 떠나야 하는 이순신을 배웅하는 일가친척과 동네사람들은 비통한 심정을 감출 수 없어 목놓아 울었다.

"장군님, 이를 어쩐단 말입니까. 부디 으흐흑."

이순신의 백의종군 천리 길은 회한과 눈물로 뒤범벅이 된 천형(天刑)의 가시밭길이었다. 오호 통재라! 이순신에게 정유년 4월은 잔인한 달이었다.

이순신의 항명
"광화문으로 진격하라"

죽게 되면 죽는 것…
때를 못 만난 것이 애통할 따름이다

05

유전무죄 무전유죄

이순신은 아산서 따라온 세 아들 중 회와 면, 그리고 변 주부를 돌려보낸 뒤 공주를 지나 논산에 도착했다. 고을 원으로부터 극진한 대접을 받는 자리에 금부도사 이사빈도 와서 같이 만났다. 다음날 일찍 출발하여 은진에 도착했고 저녁에 관노(官奴 사내종)의 집에서 잤다.

남행길에 접어든 여러 날 이순신은 때론 하염없이 눈물을 쏟아냈다. 눈물이 앞을 가려 해조차 검게 보일 때가 많았다. 이순신은 계속해서 말을 몰아 길을 잡아가고 있었다.

'대체 내가 가는 길은 어떤 길인가? 지금 나는 옳게 가고 있는가.' 이즈음 이순신은 지난날 부하와 고을의 여러 사람을 접촉하면서 세상 돌아가는 일에 대해 보고 들을 기회가 많았다. 여태까지 살면서 미처 알지 못했던 백성들의 민낯이었으므로 묘한 호기심마저 생겨났다.

비가 계속 내리는 어느 날 지인 신 사과(정6품)가 와서 전라 순찰사(박홍로)와 전라 병사(이복남)가 도원수 권율이 임시 거처하는 정사준의 집에 모여서 술을 마시고 매우 즐거워했다고 전했다. 잔치가 파한 뒤 도원수는 보성으로 가고, 병사는 본영인 강진으로 내려갔고 순찰사 박홍로는 담양으로 가는 길에 잠깐 이순신을 만나 조문(弔問)

을 하고 돌아갔다. 이때 도원수는 이순신이 이곳에 도착해있음을 미처 모르고 있었다.

종 끝돌이가 아산집에서 와서 어머니의 영연(靈筵 혼을 모신 곳)이 평안하시다고 전했다.

"그래? 참으로 반가운 소식이구나. 수고가 많았다."

홀로 빈 동헌에 앉아있으니 비통함을 견디기 어려웠다.

신 사과와 진홍국이 돌아가고 부하였던 이기남이 찾아왔다. 이기남은 거북선의 돌격장으로 그 용맹함은 타의 추종을 불허했던 군관이었다.

아침에 이순신은 둘째 아들 울(蔚)의 이름을 열(莈)로 고쳤다.

"열(莈)이란? 싹이 처음 움트거나 초목이 무성하게 자란다는 뜻이니 그 아니 아름다운가. 이만하면 됐다. 흠."

이순신은 혼잣말을 하면서 의금부 남옥에서 나왔을 때 마중 나왔던 아들 열의 모습을 떠올렸다. 그리고 옅은 미소를 지었다.

5월 4일은 돌아가신 어머니의 여든세 번째 생신날이었다. 이날 이순신은 애통함을 견디지 못하고 새벽닭이 울 때까지 앉아서 눈물을 뿌렸다. 코피를 한 되 남짓 흘렸다. 정사준이 곁에 있었다.

정사준은 한산도 시절 일본 조총에 버금가는 정철총통이란 화승총을 만들었던 군관이다. 당시 조선의 개인 화기인 승자총통은 명중률이나 파괴력에서 조총을 따라잡을 수 없어서 이순신은 성능개량작업에 힘썼다.

"단오절인데 천리나 되는 천애(天涯)의 땅에 멀리 와서 어머니의 장례도 못 치르고 곡하고 우는 것도 마음대로 못하니, 이 무슨 죄로 이런 앙갚음을 받는 것인가. 나와 같은 사정은 고금에 둘도 없을 터이다. 가슴이 찢어지듯이 아프다. 다만 때를 만나지 못한 것이 한스러울 뿐이다."

이순신은 일기에 이렇게 남겼다. '때를 만나지 못한 것'을 비통해했다. 이날 밤 꿈속에서 두 형이 나타나 이순신을 꾸짖었다.

"순신아, 어머님 장사를 지내지도 못하고 천리 밖에서 종군하고 있으니 누가 그것을 주관한다는 말이냐. 안타깝기 짝이 없구나."

두 혼령이 나타나 이토록 걱정하는 것은 이순신 마음속 죄책감이 곧 꿈으로 현몽한 것이었다. 능성현령 이계명 역시 기복(起復 상중에 벼슬함)한 사람인데 찾아와서 문상하고 돌아갔다. 흥양의 종 우노음금(禹老音金), 박수매, 조택이 종 순화의 처와 함께 왔다. 이기윤과 몽생이 오고 송정립, 송득운도 왔다가 바로 돌아갔다.

정원명의 말에 따르면 "부찰사(한효순)가 좌수영으로 와서 병 때문에 머무르며 조리한다"고 했다. 전라우수사 이억기가 편지를 보내와 조문했다. 이억기 장군은 이순신과 호흡이 잘 맞아 전라좌우도 수군 공동작전을 펼쳤던 역전의 전우였다. 또 원균이 편지를 보내어 조문을 했다. 이순신은 "음흉한 원균이 도원수의 명령으로 억지로 보낸 것이다"며 그 진정성을 의심했다.

어느 날 아침에 승려 덕수가 와서 미투리 한 켤레를 바쳤으나 거절하고 받지 않았다. 두세 번 고하기에 그 값을 쳐주고 미투리는 정원명에게 주었다. 그리고 승장(僧將 승군의 장수) 수인이 밥 지을 승려 두우를 데리고 왔기에 고마움을 표했다.

이순신은 임진왜란 바로 한 해전에 전라좌수사로 부임한 뒤 격군(

格軍 노꾼) 등 군사를 충원할 목적으로 사찰의 스님을 의승수군(義僧水軍)이라 이름 짓고 의병으로 끌어모았다. 스님들을 정탐꾼으로 활용하거나 판옥선에 올려 전투원으로 동원했고, 유능한 스님들은 승장으로 임명해 판옥선을 지휘케 했다. 여수 영취산 흥국사가 호국불교의 가람으로 유명했다.

궂은비는 며칠째 그치지 않았다. 음력 5월 10일은 태종(이방원)의 제삿날인데 자고우(自古雨)라고 해서 예로부터 비가 내렸다고 했다. 태종이 임종할 때 세종에게 훈시하기를 "가뭄이 한창 심하니 내가 죽어도 지각이 있다면 반드시 이날 비가 오게 하겠다"고 하더니 과연 비가 내렸다고 한다.

서산 군수 안괄이 구례에 갔을 때 조사겸의 수절녀(아내)를 사통하려고 했으나 하지 못했다고 했다. 매우 놀라운 일이었다. 흥양의 종 세충이 녹도에서 망아지를 끌고 왔다. 궁장(弓匠) 이지가 돌아갔다. 이지는 한산도 진영에서 활과 화살을 잘 만드는 뛰어난 장인이었다. 다음 날 아침에 아들 열을 부찰사에게 보내 병문안을 드리게 했다.

점쟁이 신홍수가 와서 원균에 대해 점을 쳤는데 '용(用)이 체(體)를 극(克)하는 것'이라 하여 크게 흉한 점괘가 나왔다. 원균은 이순신의 가슴 한켠에 똬리를 틀고 끊임없이 괴롭혔다. 장님 임춘경이 이순신의 앞날 운수를 보러 왔다.

"그래 어떤 괘가 나왔느냐."

이순신은 자신에 관한 일이 궁금해 이렇게 물었다.

"영감께서는 지금은 먹구름이 잔뜩 꼈지만, 곧 밝은 해가 떠올라 바람이 먹구름을 날려 보낼 운수입니다. 다만 앞으로 커다란 싸움이 일어날 것 같기도 한데….”

“앞으로 큰 싸움이라?”

이순신은 잠시 멈칫했지만, 곧 흘려버렸다.

“어디서든 죽게 되면 죽는 것이 장수의 운명이거늘…. 그래 수고했다.”

사생유명(死生有命) 사당사의(死當死矣)! 죽고 사는 것은 마땅히 운명이로다. 죽게 되면 죽는 것이 이순신의 사생관이었다.

하루는 평안도 박천 군수(유해)가 찾아와 말하기를 “의금부 감옥에 갇힌 이덕룡을 고소한 사람이 옥에 갇혀 세 차례나 형장(刑杖 몽둥이)을 맞고 죽어간다”고 전했다. 또 “과천의 유향소(留鄕所 수령 자문기관) 안홍제가 이상공에게 말과 스무 살 난 계집종을 바치고 풀려나 돌아갔다”고 했다. 안홍제는 본디 죽을죄도 아닌데 누차 형장을 맞아 거의 죽게 되었다가 물건을 바치고서야 풀려났다는 것이다.

“이렇게 모두 바치는 물건의 많고 적음에 따라 죄의 경중을 정한다니 이게 될 말인가? 이 타락한 세상을 어찌 구해야 한단 말인가. 허.”

돈으로 있는 죄도 없앨 수 있는 유전무죄(有錢無罪)! 곧 백전(百錢 한 꿰미의 돈)으로 죽은 혼을 살린다는 뜻이니 예나 지금이나 똑같았다.

유전무죄, 무전유죄, 돈으로 사람 목숨을 사고파는 세상이었다. 일그러진 법 집행을 마다 않는 탐관오리들은 자기 세상 만난 듯 공권력을 악용하며 뱃속을 채웠다. 세상은 위아래가 다 부조리하고 상식과 정의는 눈을 씻고도 찾아보기 힘들었다.

“아, 이 오래된 고질병을 대체 어찌해야 한단 말인가.”

이순신은 장탄식을 하면서 이날 일들을 일기에 꼼꼼히 적어놓았다.

“수령들은 뇌물 받고 비리를 덮어주고 포상받게 해주었다. 왕의 귀를 기망하니 이것이 극에 달했다. 국사가 이러니 나라가 결코 편안할 수 없다. 나는 그냥 천장만 바라볼 뿐이다."

세상은 구중궁궐 왕의 어좌에서 바라보면 그저 밋밋한 하얀 무채색일 뿐이었다. 하지만 가까이 다가가면 별의별 군상(群像)이 벌이는 희한한 일로 만화경과 같이 다사다난했다. 혀를 끌끌 차던 이순신은 왕이 미복(微服)을 입고 백성의 민심을 살핀다면, 좀 더 나은 세상이 되지 않을까 하는 생각을 했다.

"아니지, 아냐. 왕이 그런 애민 정신을 가졌을 리 만무하지. 흠." 이순신은 허허로운 마음을 잡으며 혼잣말을 했다.

'나라가 바로 서려면 왕부터 생각을 고쳐야 할 것이고 유능한 인재를 적재적소에 배치해서…, 그런데 어디 왕의 생각이 하루아침에 바뀔 수 있단 말인가?'

이순신은 한숨을 쉬며 허허롭게 하늘만 올려다 보았다.

정사준이 먹음직스러운 팥 시루떡을 해서 가지고 왔다. 또 순천부사(우치적)가 왔다가 돌아갔다. 이순신은 우치적에게 일전에 노잣돈을 보내준 데 대해 고마움을 표했다. 우치적은 원래 원균의 사람이었지만 이순신의 인격과 능력에 감화돼 이순신의 사람이 된, 경우가 바른 사람이었다.

묵고 있는 집주인 정원명이 보리밥을 인심 좋게 지어 내왔다. 시장이 반찬이라 보리밥에 된장 한 숟갈로 한 끼 식사를 훌륭하게 때웠다.

"정 군관 애썼네그려. 난 이런 맛이 좋아. 허허."

녹도 만호(종4품 무관) 송여종이 베옷 짜는 삼(麻)과 종이 두 종류를 보내왔다. 전라순찰사 박홍로는 백미, 중품미 각 1곡(10말)씩에다

콩과 소금을 보냈다. 남해 현령 박대남은 조문 편지와 함께 쌀 2섬, 참기름 2되, 꿀 5되, 조 1섬, 미역 2동을 보내왔다.

남행길에 현지 관리와 백성, 스님들이 이렇게 갖은 도움을 주려고 한 것은 모친상을 당한 이순신에게 부조를 하려는 마음의 표시였다. 또 한데서 끼니를 때워야 할 때가 있기에 먹거리를 보내온 것이다. 이순신은 받은 부조 가운데 일부를 아산 생가로 보내 제사용품으로 쓰도록 했다. 나머지는 향소로 보내 미쳐 피난을 가지 못한 백성들에게 나눠주도록 했다.

정사준, 정사립 형제와 양정언이 와서 모시고 가겠다고 해서 아침밥을 먹고 길에 올라 송치(순천 학구리) 고개에 도착했다. 바랑산 기슭 아래 이 솔고개만 넘으면 순천부가 나온다. 이순신은 학구 삼거리 신촌마을 송원의 객관에서 여정을 풀 생각이었다. 부하 정원명과 정사준이 순천왜성 부근 왜군의 동향을 살피고 돌아왔다.

"장군님, 개미 새끼 한 마리 없습니다요. 모두들 성안에 틀어박힌 모양입니다. 그래도 조심히 가셔야 합니다."

이순신은 말을 쉬게 하고 혼자 바위 위에 걸터앉았다.

저 멀리 운무에 싸인 지리산 자락은 아득했지만, 왠지 어머니 품속같이 푸근했다. 불어오는 산들바람은 짙은 풀 냄새를 풍겼다. 뻐꾸기가 뻐꾹! 뻐꾹! 울었다. 구슬픈 새 울음소리가 첩첩산중에서 고립감과 외로움을 더해주었다. 몇 날 며칠 여독이 쌓인 이순신은 그만 바위를 베개 삼아 곤히 단잠에 빠져들었다.

칠흑같이 어두운 밤중에 황소만 한 호랑이 한 마리가 대숲에서 튀어나와 휘영청 뜬 달을 바라보며 어흥! 어흥! 울부짖었다. 가만히 보니 한쪽 눈에 화살이 박힌 호랑이었다. 날카로운 이빨과 발톱을 세운 호랑이는 어슬렁거리다가 포효하며 날쌔게 달려들었다. 마침 이순신은 누워 있어 꼼짝없이 당할 수밖에 없었다.

"네 이노옴! 썩 물러가지 못할까!"

찰나 두 자루의 칼이 어디선가 휘이잉! 대나무 숲을 가르며 날아와 곧장 호랑이 정수리를 퍽! 퍽! 내리찍었다. 호랑이는 발버둥을 치면서 나가떨어졌다가 벌떡 일어나 사지를 쫙 펴고 어흥! 이순신에게 다시 덤벼들었다.

순간 잽싸게 공중으로 뛰어오른 이순신은 좌우로 쥔 칼을 호랑이 심장에 박아넣고 입속에도 쑤셔 넣어 돌렸다. 우지직! 목뼈 부러지는 소리가 들렸다. 숨통이 끊어지면서 붉은 피가 솟구쳐 푸른 대나무 이파리가 붉게 물들었다. 엉겁결에 당할 뻔했던 이순신은 죽은 호랑이 가죽을 벗겨서 휘두르며 말했다.

"여보시오들, 이놈이 선량한 사람을 해치려 들어 내가 죽여서 껍질을 벗겼오. 이 호피는 누가 가져가서 옷이라도 해 입으시구료. 하하하."

참 이상한 꿈이었다. 까치가 까까까! 하도 울어대는 바람에 눈이 번쩍 띄었다.

그때 운봉의 박롱이 찾아왔다. 저물녘 구례 찬수강에 이르러 말에서 내려 건너가 손인필의 집에 도착했을 때 마침 현감 이원춘이 와 있었다. 젖은 옷을 갈아입는 동안 현감은 정성스럽게 마련한 음식상 앞에서 기다렸다. 그리고 한산도의 원균 패악질에 관해 입을 열었다. 이순신은 묵묵히 듣고만 있었다. 그때 체찰사 이원익의 군관이 화급히 와서 "오늘 저녁에 대감이 뵙고 싶다"는 전갈을 전했다.

이 소식을 접한 이순신은 하마터면 울 뻔했다. 너무 반가워 당장이라도 뛰어가고 싶은 마음이 굴뚝같았다. 이원익 대감은 이순신의 한산도 군영의 지도력이 뛰어난 것을 본 뒤 든든한 후원자가 된 사람이다. 청렴하고 신망 높은 중신이었기에 이순신은 평소 그를 존경했다. 어젯밤 만난 부찰사 한효순의 말이 떠올랐다.

"상사(체찰사 이원익)가 보낸 편지에 영공(이순신)의 일에 대해 많이 탄식했습니다."

침울했던 마음이 조금 회복되는 느낌이 들었다. 그날 저녁 이순신은 구례 현청 명협정에서 우의정 겸 도체찰사 이원익을 만났다. 이원익은 소복 차림으로 이순신을 맞았다.

"영공께 무어라 위로의 말씀을 드려야 할지…."

이원익은 상중(喪中)에 있는 이순신을 위로했다.

"뜻하지 않은 상사를 당해 시일이 지체되었습니다. 대감께서 양해해주시기 바랍니다."

"그 무슨 소리요. 모친 부음 소식을 듣고 가슴이 아팠습니다. 얼마나 망극하십니까. 효심이 깊은 영공의 심중을 헤아리고도 남겠습니다."

이원익은 위로의 말을 되풀이했다. 자연히 화제가 신임 통제사가 된 원균의 일로 돌아갔다.

"원 장군 막하의 장령과 군사들이 크게 낙담하고 있다는 소식입니다. 그는 용맹한 장수인지는 모르지만, 덕이 있는 장수는 아닌 듯합니다."

이순신은 아무 말도 하지 않았다.

"또 듣자 하니 흉악한 자의 일은 기만함이 심한데도 임금과 조정이 알지 못하니 답답할 따름이네요그려."

　이원익은 이순신의 마음을 달래주고 있었다. 고금을 통하여 사람은 자신을 알아주는 사람에게 목숨을 바친다고 했던가.

　"원균이 무고(誣告)하는 소행이 극심한데 임금이 굽어살피지 못하니 나라가 어찌될꼬?"

　1597년 5월 20일 자 일기에 이렇게 이원익의 한탄을 적어놓았다. 무고는 없는 일을 거짓으로 꾸며 고소·고발하는 행위로 원균은 이순신을 모함하고 폄훼하는 데 앞장섰다.

　"임금을 업신여기고 앞으로 나아가 적을 치지 않았다."

　추국청에서 나온 왕의 이 한마디가 이순신의 뼈에 사무쳐 때때로 가슴을 옥죄고 있었다. 다만 때를 만나지 못한 것이 한스러울 뿐이었다.

이순신의 항명
"광화문으로 진격하라"

분수에 넘치는 자리는 재앙이 될 뿐…
이슬처럼 사라지니

06

권불십년 화무십일홍

홀로 가는 길은 외로웠다. 단기필마로 적진에 뛰어들어 가는 것도 아니고 머나먼 백의종군 길에 오른 자신이 한심스러웠다. 구례 땅에 들어서자 철 지난 매화며 산수유며 벚꽃의 쇠락한 흔적이 뚜렷했다. 봄 매화가 찾아왔고 벚꽃이 뽐내자 진달래가 붉게 시샘했고 노란 개나리가 사라질 무렵, 섬진강 유역 흐드러진 산수유 군락도 누렇게 시들기 시작했다. 한때 황홀했던 꽃 대궐이 그 전성기를 마감하고 있었다.

화무십일홍(花無十日紅)! 열흘 붉은 꽃이 없듯이 한번 성했다가 사라지는 게 세상의 정한 이치였다. 권력 또한 그렇지 않은가. 권불십년(權不十年)이라, 한번 잡은 권력은 제아무리 기를 써봐도 바람처럼 사라지지 않던가. 이순신은 모든 것이 제 자리에 붙박이지 않고 변화무쌍하게 움직이는 제행무상(諸行無常)의 허무함을 떠올렸다.

순천을 거쳐 구례로 들어온 이후 여러 날 남풍이 불었다가 동풍으로 바뀌었고 비가 억수 같이 내렸다가 볕이 드는 변화무쌍한 날씨가 계속되었다. 이순신의 최종 목적지는 경상도 합천 초계의 도원수 권율의 진영이었다.

체찰사 이원익 대감에게 내일 초계에 갈 일을 고했을 때 체찰사는 자신이 모은 쌀 두 섬을 내주었다. 서로 간 식량 형편이 좋지 않을 때 인지라 진영에 가더라도 자신의 몫은 챙겨가라는 배려였다. 체찰사는 군관을 보내 경상도 해안의 지도를 그려줄 것을 부탁했다. 이순신은 1592년 임진년부터 수년 동안 그곳에서 해전을 벌인 경험으로 많은 섬과 굴곡이 심한 해안을 세밀하게 그려주었다.

종일 장대비가 퍼붓던 날, 석주관(구례 토지면) 관문을 지나 엎어지고 자빠지면서 악양(하동 평사리) 이정란 집에 당도했으나 문을 닫고 거절했다. 종들이 사방으로 흩어져 머물 곳을 찾았지만 허탕을 치고 말았다.

이정란 집은 김덕령의 아우 덕린이 빌려서 입주하고 있었다. 의병장 김덕령은 한해 전 충청도 홍주에서 반란을 일으킨 이몽학을 토벌하러 갔다가 이미 진압되어 회군했는데 "이몽학과 내통했다"는 무고를 당해 10여 차례 국문을 받았다가 옥사하고 말았다. 그러니 생사람을 잡아 죽인 왕과 조정에 대한 동생의 원망이 어찌 없었으랴.

아들 열이 주인과 만남 끝에 겨우 들어가 잤다. 장대비에 온몸과 행장이 다 젖었다. 다음 날 아침 비가 잠시 그친 사이 젖은 옷을 널어 바람에 말리고 늦게 하동현에 도착했다. 현감 신진이 기뻐하며 맞이해주었다. 그 또한 원균의 미친 짓에 대해서 많이 말했다.

하늘에 구멍이 뚫린 듯 비는 계속해서 내렸다. 청수역을 출발하여 시냇가에 이르러 말을 쉬게 했다. 저물녘 산청 단성 땅 박호원의 농사짓는 종의 집에 투숙했는데, 주인이 반갑게 맞기는 했으나 잠자는 방이 비좁아 간신히 밤을 지냈다.

현감 신진이 기름종이 1개, 장지 2권, 백미 1섬, 참깨 5말과 들깨 3

말, 꿀 5되, 소금 5말에다 특우(숫소) 5마리를 보내왔다. 이순신은 이 숫소들을 도원수 진영에 바쳐 농사일을 돕도록 했고 쌀도 군량미로 쓰도록 보탰다.

다음 날 단계 시냇가에서 아침밥을 먹고 삼가현 빈 관사에서 잤다. 고을 사람들이 밥을 지어서 가져왔으나, 이순신은 정중하게 사양했다. 그리고 종들에게 "먹지 마라"고 타일렀다. 다음 날 아침 종들이 고을 사람들의 밥을 얻어먹었다는 말을 듣고는 종들에게 매질하고 밥한 쌀을 돌려주었다. 백성들의 쌀 한 톨이라도 민폐를 끼치지 않겠다는 엄격한 소신에서 나온 행동이었다. 그러나 이를 지켜보던 사람 가운데는 "종들이 얼마나 배가 고팠으면 얻어먹었겠느냐"며 "좀 심한 처사였다"고 말했다.

초여름 날씨가 몹시 더웠다. 말도 지친 기색을 보였다. 저 멀리 도원수의 진영이 바라보였다. 초계 부근 모여곡이라는 곳에 이르자, 천 길 기암절벽과 강물이 앞을 가로막았다.

"허어, 이런 천험한 곳이라면 수천, 수만 왜군도 온전히 지날 수 없을 것 같구나."

이순신은 어디를 가든지 그곳의 지세를 자세히 살피는 버릇이 있었다. 그것은 전략가로서 기본 자질이기도 했다.

일단 문보의 집에 들어가 잤다.

다음날 초계 군수가 달려왔고 식후에 도원수 진영의 중군(中軍) 이덕필이 와서 지난날 전투에 대해서 많은 이야기를 나눴다. 인근의 심준이 와서 점심을 함께 먹고는 잠자는 방을 도배했다. 또 군관이 쉴 대청 두 칸을 만들었다. 다음날 점심 때 도원수 진영에 도착하여 권율을 만나 이야기를 나눴다.

"영공, 삼가 조문합니다. 몸이 회복된 다음에 나와도 되는데…."

도원수는 비록 벼슬은 없지만 백의종군하는 이순신에게 예의를 깍듯이 지켰다. 권율은 원균의 정직하지 못한 점에 대해서 못마땅하게 여겼다.

"원균 그 자의 음험함이라 영공도 잘 알고 있을 테지요. 내 그자의 엉뚱한 짓 때문에 여간 골치가 아픈 게 아닙니다그려."

그러면서 원균이 비변사에 올린 공문을 보여주었다.

"수군과 육군이 함께 나아가 먼저 진해 안골포의 적을 공격한 후에 수군이 부산 등지로 진입하려는데, 안골포의 적을 먼저 토벌해야 하지 않겠습니까?"

"나보고 먼저 육군을 동원해서 안골포 왜성을 치라는 것인데, 왕과 조정에서는 원균의 말만 믿고 있으니 한심무쌍한 일이오."

사실 조선군의 약한 전력으로는 난공불락의 왜성을 함락시킬 수 없었다. 조선 성곽은 대문 만 부수고 쳐들어가면 되는 단순 구조이지만 왜성은 물이 담긴 해자를 지나 입구부터 꼬불꼬불한 갈지(之) 자 형태로 3마루(丸)를 지나면 2마루, 그리고 혼마루가 나타난다. 각 마루마다 방어시설이 갖춰져 있었다. 혼마루 위에 다이묘가 사는 5층 천수각(天守閣)을 세워 망루로도 쓰였다. 그런 복잡한 구조의 성을 충분한 전력 없이 공격하는 것은 자살행위나 다름없었다.

"저도 몇 해 전 거제 영등포와 장문포 왜성 공격을 해봤습니다만, 지금 육군 세력이 너무 미약하지 않습니까?"

이순신이 말했다.

권율은 원균이 이 핑계 저 핑계를 대며 차일피일 출동을 미룬다며 불만을 토로했다. 잠시 생각에 잠겼던 이순신은 권율에게 한 가지 계책을 제안해 허락을 받았다.

이순신은 우선 이희남과 변존서, 윤석각 등에게 원수 발신의 공문을 가지고 가서 원균에게 독촉하도록 했다. 한편 이순신은 편지 14장을 써서 종 경과 인을 한산도 진영으로 들여보냈다. 이중으로 여론을 환기하고 압박하려는 의도였다.

이순신은 편지를 쓰면서 실로 몇 달 만에 불러보는 정다운 이름에 대해 애틋한 정을 느꼈다. 전라 우수사 이억기, 충청 수사 최호, 경상 수사 배설, 가리포 첨사 이응표, 녹도 만호 송여종, 여도 만호 김인영, 사도 첨사 황세득, 동지 배흥립, 조방장 김완, 거제 현령 안위, 영등포 만호 조계종, 남해 현령 박대남, 하동 현감 신진, 순천 부사 우치적이었다. 그런데 여기서 배설을 제외하고는 모두 이순신과 생사고락을 같이했던 역전의 용장이었다.

"역시 영공이오. 내게 이런 말을 귀띔이라도 해주는 사람이 없어 답답하기 그지없었소이다. 고맙소, 고맙소이다. 허허."

권율은 흡족한 표정을 지었다.

다음날 아침에 이순신은 가라말(검은말), 워라말(얼룩말), 간자짐말(이마와 뺨이 흰말), 유짐말(갈기는 검고 배가 흰말) 등의 편자가 떨어진 것을 새로 갈아 끼웠다. 정상명은 말의 뱃대끈을 종이로 만들었다.

그날 합천 땅 동쪽 율진에 사는 서철이 이순신이 왔다는 소식을 듣고 달려왔다. 서철은 어릴 때 같이 놀던 죽마고우였다. 아이 때 이름은 서갈박지(徐乫朴只)였는데 음식을 잘 대접해서 보냈다. 며칠 뒤 아들을 데리고 와서 하룻밤을 묵었다.

대지는 뜨거웠다. 찌는듯한 중복 더위는 쇠나 구슬이라도 녹일 기세로 타올랐다. 뒤늦게 승장 처영이 와서 둥근 부채와 미투리를 바치므로 다른 물건으로 갚아서 보냈다. 처영 또한 왜적의 사정을 이야기했고 원균의 비리도 말했다.

경상우병사(김응서)의 우후(虞侯 종3품 막료장) 김자헌이 와서 인사를 나눴다. 그와 이야기를 하다 보니 달이 중천에 오른 늦은 밤이 되었다.

김자헌이 돌아가고 나서 며칠 뒤 김응서가 편지와 함께 크고 작은 환도(環刀 무인의 칼)를 보냈다. 김응서는 몇 달 전 요시라와 내통하면서 왕에게 "이순신이 가토를 치러 나가지 않았다"는 비난의 상소를 올려, 이순신을 고행(苦行)의 가시밭길로 내몬 장본인이었다.

"참으로 세상일이란 알 수가 없는 노릇이군. 철천지원수가 다정한 친구가 되자고 손짓을 하다니…."

초계 군수가 떡을 마련해서 보냈다. 이순신은 이 사람이 지난번 연포탕을 장만해 가지고 왔을 때 오만한 빛이 역력했으므로 그 본의를 알지 못해 마음이 영 찜찜했다.

좀 한가한 어느 날, 이순신은 돗자리를 만드는 재료인 왕골을 쪄서 말렸다. 마침 이곳 초계 도원수 진영은 어머니 초계 변씨(草溪卞氏)의 집성촌이어서 아들 열과 이원룡을 불러 간단한 변씨 족보를 쓰게 했다.

이순신의 집안 3대가 모두 초계 변씨와 혼인했다. 할머니는 변함의 딸이고 어머니는 변수림의 딸이며, 누이도 변기에게 출가했다. 어머니 집안과 같은 파인 변 주부(변존서)는 물론 변홍백, 변홍달, 변익성, 변경남, 변유, 변대헌, 변덕수, 변덕기 등이 외척의 정리로 이순신과 자주 왕래했다. 아들 울은 정상명과 함께 큰 냇가로 가서 전투말을 씻기고 돌아왔다.

음력 6월 24일 입추다. 아직 햇볕은 뜨겁고 멀리서 매미 소리가 요란하게 들려왔다. 새벽안개가 사방에 자욱하게 끼어 골짜기 안팎을 분간하기 어려웠다. 이순신이 군영에서 첫 번째 맡은 임무는 둔전에서 무씨를 뿌리는 작업이었다. 아침에 종 세공과 감손이 무밭 일을 고했다. 그래서 감관(監官 감독관)으로 이원룡, 이희남, 정상명, 문림수 등을 정하여 보냈다. 이순신은 뒤따라가서 밭일을 거들어 주었다.

저녁에 종 경이 한산도에서 돌아와 보성 군수 안홍국이 적탄에 맞아 전사했다고 전했다. 또 조방장 배홍립이 유탄을 맞아 중상했다고 했다.

"아니, 안홍국이 죽고 배 동지가 크게 다쳤다니? 이것 참."

이순신은 황망한 가운데 원균을 떠올렸다.

"분에 넘치는 명예와 자리는 재앙을 불러올 뿐이다. 똥장 헛장치는 원균이 바로 그렇다."

이순신은 기가 막혔다. 매사 덤벙덤벙 조심스럽지 못한 원균의 태도에 화가 난 것이다. 배 동지는 다행히 목숨을 잃지는 않았지만 아끼던 장수 중 한 명이었다.

참담한 심경에 사로잡혀 있을 때 중군장 이덕필과 심준이 와서 "명나라 양 총병(양원)이 삼가에 와서 심 유격(심유경)을 결박하여 압송했다"는 말을 전했다. 심유경은 고니시 유키나가(小西行長)와 강화협상을 주도했던 명나라 상인 출신 외교관이었다.

그는 고니시와 짜고 가짜 문서를 만들어 히데요시와 명나라 황제(신종) 사이를 오가며 종전을 위해 애쓴 것은 사실이다. 그러나 결국 강화협상이 실패로 돌아가고 정유재란이 일어나자 양원에게 잡혀서 참살당했다. 전쟁이 낳은 비극이었다.

"언제까지 대륙(명나라, 여진)과 해양 세력(일본)에 끼여 나라의 운명을 맡길 것인가! 자강하려는 노력이 없는 한 이 굴욕은 영원하리라!"

이순신은 분통이 터져 고함을 냅다 질렀다. 아산에서 종 평세가 들어와 어머니의 영연이 평안하시다고 했다. 장삿날은 7월 27일로 미루었다가 8월 4일로 택했다고 했다. 또 집안의 위아래가 모두 평안하다고 했다. 다만 석 달 동안 가물어서 농사가 끝장나고 가망이 없다고 전했다.

이날 워라말(얼룩말)이 죽어서 버렸다. 말은 더위를 심하게 먹었는지 며칠째 먹이를 먹지 않고 탈진해 있었다. 7월 2일은 돌아가신 아버지의 생신이었다. 멀리 천리 밖에 와서 백의종군 중이니 인간사가 참으로 안타까웠다.

새벽에 앉아있으니 서늘한 기운이 뼛속에 스며들었다. 이순신은 일찍부터 움직여 어머니 제상에 올릴 유밀과인 중배끼(中朴桂)를 만들었다. 밀가루 다섯 말을 꿀과 섞어 만든 것으로 봉해서 시렁에 올려놓았다. 초계 군수가 계절 산물을 갖추어 보내왔다. 이순신은 그제서야 군수의 호의를 이해할 수 있었다. 이순신은 틈틈이 만들어놓은 제수용품을 아들 열과 변 주부에게 딸려 아산으로 보냈다.

이날 달빛이 대낮같이 밝아서 잠을 이루지 못했다. 한산도 시절 같으면 진중음(陣中吟)이라도 한 수 읊었을 것이다. 이순신은 '달빛 시인'이라는 별명답게 진영에서 보름달을 보면서 시조를 짓는 것을 좋아했다.

낮에 한산도에서 온 박영남의 말이 떠올랐다.

"영감, 주장(主將 원균) 잘못 때문에 대신 죄를 받으러 도원수 진영으로 끌려왔습니다요. 억울합니다!"

"어찌 원균의 한산도는 하루도 편할 날이 없는고."

이날 새벽꿈이 어지러웠다. 모두 모여있는 어떤 자리였는데 이순신이 원균의 윗자리에 앉아있었다. 음식이 나올 때마다 원균은 입맛을 쩝쩝 다시며 즐거운 기색을 보였다.

"원공, 많이 드시게나."

"예, 여태껏 난 내 몸뚱아리 하나도 간수하기 힘들었소."

"늦지 않았소, 욕심을 버리고 부하들에게 많이 베푸시오. 화무십일홍, 권불십년이란 말도 있지 않소. 그 노욕(老慾)! 다 무상한 일이오."

"아 예, 죽을 때까지 참회(懺悔)하고 살겠습니다요."

"암, 그래야지요. 이제 참회를 했으니 지옥불에는 안 떨어지겠구려. 하하."

"뭐 뭐요, 지? 옥? 불? 이라 하셨소."

"평소 원공답지 않게 왜 겁이 나오? 참회하면 되는 것이오. 하하."

원균은 삶은 닭 20마리를 후딱 먹어치웠다. 돼지머리 한 개를 게 눈 감추듯 순식간에 해치웠다. 술을 동이째 마시는 모습은 게걸스러웠다.

"그런데 원공, 내 하나 물어보겠소. 이번 전투는 어떻게 패전한 것이오.”

“아, 그런 건 묻지 마시오. 오늘은 먹기 위한 자리입니다. 먹을 땐 개도 안 건드린다 했소.”

“아니 휘하 장수가 그것도 탁월한 두 장수가 참사를 당했는데요.”

“아아, 밥맛 떨어지게끔 하지 마시오.”

“원공, 지금 위중한 판국에 밥이 목구멍으로 넘어갑니까.”

그때 사람들이 일제히 원균을 성토하고 나섰다.

“저 원균이는 부하를 사지로 내몰아 공을 가로채는 놈이요. 찢어 죽여도 시원찮을 놈이요.”

“부하를 잃고도 저리 태연하게 자기 배나 채우는 놈이란 말이오.”

한 사람이 벌떡 일어서서 원균을 성토했다.

“한성으로 가는 뇌물 짐이 꼬리를 잇고 있으니 탐관오리가 아니면 무엇이란 말이오.”

“뭣이? 이놈들이 터진 입이라고 아무 말이나 씨불이면 다더냐. 당장 놈들의 주둥아리를 갈기갈기 찢어놓을 테다.”

얼굴이 붉게 달아오른 원균은 눈에 쌍심지를 켜고 환도를 꺼내려 했다. 그때 두 자루의 칼이 날아와 원균의 목을 좌우로 후려쳤다. 아악! 동백꽃처럼 떨어진 목줄에서 흘러나온 피가 한산도 앞바다를 붉게 적셨다. 참으로 괴이한 꿈이었다.

이순신의 항명
"광화문으로 진격하라"

07

최악의 실패 인사

구름 따라 바람 따라 흘러온 여정을 떠올리니 도성에서 꽤 멀리 와 있었다. 저 멀리 지리산 능선이 병풍처럼 펼쳐지고 앞으로 섬진강이 흐르니 배산임수(背山臨水)의 지형이었다. 섬진강을 따라 늘어선 매화나무의 매실은 알알이 탐스럽게 열렸다. 햇볕은 따가웠지만 강바람이 간간이 불어와 땀을 식혀주었다.

'매미와 잠자리들은 저리도 자유분방 하건만 이 내 몸은 지금 어디로 가는 것일까.'

이순신은 개천가 느티나무에 말을 매어놓고 잠시 쉬었다. 휘늘어진 수양버들 가지는 솔바람에 흔들려 제법 운치가 있었다. 개천엔 오리 떼와 백로가 유영을 즐기고 있었다. 검은 민물가마우지는 두리번거리며 먹잇감을 찾고, 왜가리 한 마리가 우두커니 서 있었다.

남녘 들에는 그런대로 농사를 짓는 사람들 모습이 보여 적이 안심이 됐다. 망중한을 즐기던 이순신은 불쑥 무슨 생각이 났는지 깊은 한숨을 내쉬었다. '나의 초심은 아직도 남아있는가.'

"장부로 태어나 세상에 쓰이면 최선을 다할 것이며, 쓰이지 않는다면 농사짓는 것으로 충분하다. 권세와 부귀에 아첨하여 한때 이를 도둑질하여 일시적으로 영화를 누리는 것은, 내가 가장 부끄러워하는 것이다.”

1576년 서른두 살에 무과 급제한 후 아산 생가에서 초임발령을 기다리면서 쓴 글이다. 이순신은 자신의 공직관을 고스란히 담은 이 글을 조용히 읊조렸다.

무릇 세상일을 생각하건대 인사가 만사(萬事)였다. 이순신은 몇 해 동안 한산도에서 군영을 운영하고 목숨을 건 전투를 수차례 치르면서 얻은 결론 중 가장 중한 것은 사람이 답이라는 사실이었다. 이순신의 은원(恩怨 은혜와 원수)으로 볼 때 류성룡은 위대한 만남이었고 원균은 상극(相剋)이었다. 사람들은 이순신과 원균의 관계를 앙숙이라고 불렀다.

원균의 경우 사람 하나 잘못 뽑으면 그 결과가 한번도 경험해 보지 못한 참상으로 끝난다는 것을 생생하게 보여준 사례였다. 원균은 칠천량 패전으로 조선 수군을 궤멸시켜 나라를 결딴냈다. 그래서 후세에 반면교사로 이름을 날렸고 그 행적은 고스란히 흑역사에 기록되었다.

왕은 사람을 잘못 뽑아 국가 자살행위를 자초한 것이다. 그러고도 일언반구 반성은 없었다. 자고로 의심스러운 자는 쓰지 말라는 의인물용(疑人勿用)과 일단 쓴 사람은 의심하지 말라는 용인물의(用人勿疑)는 용인술의 대원칙이었다.

임진왜란이 끝난 뒤 선무공신 1등급에 이순신, 권율, 원균이 들어 있는데, 패전지장인 원균이 23전 23승 불멸의 기록을 이룩한 이순신과 같은 반열에 올랐다는 것은 도저히 이해할 수 없는 처사였다. 왕은 자신의 인사실패를 인정하고 싶지 않아서 이런 어처구니없는 논

공행상을 자행했다.

원균은 당파를 떠나서 인간적으로 문제가 많은 인물이었다. 우선 능력에 비해 과분한 직책을 받다 보니 군영 운영과 통솔의 문제가 발생했다. 부하들을 다루는 데서 무리수를 두어 이탈자가 많이 발생했다. 또 전략을 짜내는 지략이 부족했는데 이것은 장수로서 치명적인 결함이었다. 결과적으로 칠천량해전에서 조선 수군을 궤멸시켜 도요토미 히데요시(豊臣秀吉)에게 충성한 꼴이 되고 말았다.

"좋아~ 좋아~ 아주 좋아! 조선왕이란 자가 이순신을 내치고 원균을 택하더니만 꼴좋게 끝났구나. 빠가야로! 으하하하." 바카야로(馬鹿野郎)는 '바보같은 자식'이라는 경멸어다.

히데요시는 신이 난 원숭이처럼 어깨춤을 으쓱으쓱 추었다. 히데요시는 주군인 오다 노부나가(織田信長)로부터 사루(猿 원숭이)라는 별명을 받은 바 있었다.

"와키자카, 도도, 가토! 너희들은 이제 주인이 없는 조선의 바다 제해권을 틀어쥐어야 할 것이다. 그리하여 서해로 진출해서 한강으로 진격한 뒤 조선 국왕을 내 앞으로 잡아 오란 말이다. 알겠느냐? 으하하하."

공자의 논어에 나오는 포호빙하(暴虎馮河)는 맨손으로 호랑이를 때려잡고 배도 없이 황하를 건넌다는 뜻이다. 만용과 무모함은 원균의 일생을 관통했다. 게다가 인품 또한 허장성세로 실속은 없으면서 허세만 부렸고 안하무인의 자세는 방자하고 교만하여 남을 업신여겼다. 손자병법의 부지피부지기(不知彼不知己) 매전필패(每戰必敗)! 상대를 알려고도 하지 않고 자기 자신도 모르니, 매번 실패할 수밖에 없었다.

"이순신 그자는 하도 겁이 많아서 한번 나아가 싸우려면 여간 복잡한 게 아니란 말이야. 날씨니 조류니 적의 사정이니, 이것저것 따질 게 많아서 영 피곤해. 아암."

원균은 치밀한 이순신을 '굼벵이' '겁쟁이'라며 폄훼하기 일쑤였다.

왕은 자신보다 인기가 쑥쑥 올라가는 이순신을 도저히 바라보고만 있을 수가 없었다. 이런 질시는 시기하는 마음을 넘어서 질투에 가까웠다.

'하늘에 해가 두 개가 아니듯 감히 내게 도전하는 자, 어림없도다! 당장 그 싹을 싹둑 잘라버릴 수밖에.'

열패감에 사로잡힌 왕은 불면의 밤을 보내기 일쑤였다.

'이순신이 한산도의 잘 훈련된 군사를 이끌고 도성으로 올라온다면? 과연 누가 막을 수 있다는 말인가. 허, 이순신, 이 자는 계륵(鷄肋)이란 말이야. 버리자니 아깝고 데리고 있어 봐야 재앙이고, 자칫 잘못 건드리면 내가 죽을 판이니 이를 어쩐단 말인가. 흠.'

왕은 곧잘 이런 공상에 사로잡혔고 그것은 망상이 되어 악몽으로 자주 나타났다.

"이순신! 무서워, 무섭단 말이야! 뭣들하느냐, 그자를 당장 잡아 참수하라!"

왕은 가위에 눌려 이 같은 비명을 지르곤 했다. 또 사리분별력마저 부족했음으로 때때로 변덕스러웠다. 신하들은 겉으로는 복종하는 체했지만 마음 속에는 언제든지 배반하려는 뜻을 꽁꽁 숨겼다.

이순신을 둘러싼 조정 논의는 1597년 정초를 전후해서 일곱 차례나 되풀이 되었다. 마침내 사헌부에서 이순신을 잡아들여 국문하여 치죄하라는 상소를 올렸다. 상소를 본 국왕은 승지를 불러 한산도의 이순신을 잡아 올리는 방법까지 지시했다.

"선전관에게 밀부(密符 군사동원 명령서)를 전하게 하라. 이것은 원균으로 교체한 연후에 거행해야 할 것이다." 선전관은 왕명을 전하는 무관이다.

덜 익은 매실을 입에 문 이순신은 언덕배기에 비스듬히 누워 흘러가는 강물을 하염없이 바라보았다. 몇 달 전 한산도 치욕이 떠올라 몸서리쳤다.

삼도수군통제사가 된 원균은 왕에게 하례를 올린 뒤 의기양양하게 막료들을 거느리고 도성을 떠났다. 이 소식이 한산도에 전해지자 본영은 발칵 뒤집혔다. 도처의 군막에서 절규와 통곡이 터져 나왔다. 삽시간에 운주당 뜰 안은 군사와 백성들로 가득 찼다. 잘못 건드리면 곧바로 터질 기세였다.

"통제사 영감! 이 어찌 된 일입니까요. 세상 대명천지에 이런 부당한 일은 없습니다요. 흐흑."

모두들 땅바닥에 엎드려 이순신을 부르며 울부짖었다. 평복으로 대청에 모습을 드러낸 이순신은 천천히 입을 열었다.

"내 후임으로 원균 장군이 오실 것이오. 여러분의 심정은 잘 알고 있소. 허나 어서 해산하고 자기 맡은 일을 계속하시오."

곁에는 조카 분, 중위장 권준과 후부장 배흥립 등 핵심 막료들이 눈시울을 붉히며 분노를 참느라 부들부들 떨고 있었다.

한산섬은 연일 을씨년스러운 날씨에 줄초상을 만난 듯 침울하게 가라앉아 있었다. 원균의 행차가 들이닥쳤다. 원균은 판옥선을 타고 통제사 군령 깃발을 펄럭이며 위세 좋게 선창에 당도했다. 배다리까지 마중 나간 이순신은 담담한 심정으로 원균과 인사를 나누었다.

"먼 길에 수고가 많으셨소. 승진을 축하합니다."

"아, 이거 얼마 만이오! 이 장군 아니 통제사 영감, 내 마음도 영 편치가 못합니다그려. 히잉."

원균은 등채를 휘두르며 익살스런 표정을 지었다.

두 사람은 운주당에서 마주 앉았다. 이순신이 군량미 9914섬, 화약 4000근, 총통 300자루(병선의 장비 제외) 등 물품 재고 서류를 내놓자, 원균은 거들떠보려고 하지 않고 딴청을 피웠다.

"아아, 그깟 껏! 수하의 종사관이 나중에 챙길 것이오. 매사 꼼꼼하신 사또께서 작성하셨으니 어련하겠소이까? 히히히."

원균은 누런 이빨을 드러낸 채 빈정대는 투로 말했다. 새 융복(戎服 무관 복장)으로 호사스럽게 치장한 원균은 통제사 군장을 벗고 평복으로 갈아입은 이순신을 맘껏 희롱하고 있었다.

"아아, 이걸 어쩌나. 임금을 속이고, 나아가 싸우지 않았다. 그러니 대역죄를 면할 방도가 없겠지요. 아니 그렇소이까. 전임 통제사 영감! 으흐흐흐."

원균은 이순신에게 '전임'을 유난히 강조하면서 모욕을 주었다. 처지가 뒤바뀐 것을 눈앞에서 확인하고 싶어하는 눈치였다.

"그럼 이만, 무운을 빕니다."

이순신이 자리에서 일어나려 하자 때 원균은 다시 앉기를 강청했다.

"아 아 아, 뭐 그리 빨리 가려고 그러시오. 가봐야 퀴퀴하고 답답한 감옥일 텐데…. 여기 너른 한산도 바다나 실컷 봐두시오. 으하하하."

이순신은 두 주먹을 불끈쥐었다 천천히 풀었다. 곧이어 선전관 김식이 의금부 도사와 나졸들을 이끌고 한산도에 당도했다.

"통제사 영감! 가시면 아니 되옵니다. 왜 순순히 오라를 받습니까요. 흐흑흑."

굵고 붉은 오랏줄에 두 손이 묶인 이순신을 바라보던 성난 수군들은 당혹감을 감추지 못한 채 입을 다물지 못했다.

"에잇! 그냥 이 길로 치고 올라가서 확 쓸어버립시다요."

"그려 확 쓸어버려!"

군중 속에서 불쑥 튀어나온 말에 이순신은 잠시 그쪽을 쳐다보았다가 이내 고개를 돌렸다.

성난 군사들과 백성들이 씩씩거리며 선창가를 가득 메우고 있었다. 이순신은 거북선과 판옥선에서 눈을 떼지 못했다. 한산해전, 사천해전, 당포해전 등에서 자신과 함께 생사를 같이 했던 전선이었다.

이순신이 고개를 돌리자 환호성이 크게 들려왔다.

"통제사 영감 천세!" "만세!" "만만세!"

"꼭 다시 돌아오셔야 합니다요. 기다리겠습니다. 암요!"

길 양편에 도열한 장졸들의 표정은 시무룩했다. 이들이 일제히 "충!"하고 군례를 올리자, 이순신은 목례로 엄숙히 작별을 고했다.

그리고 정든 곳을 떠나는 발길이 떨어지지 않는 듯 서성이며 장졸들을 물끄러미 바라보았다.

'조선 수군의 장졸들이여, 그대들이 있음으로 나라가 있고 백성이 있는 것이다. 잘 지키고 있거라. 살아서 다시 만나자.'

이순신이 움직이자 조카 분이 뒤따랐다.

여수에서 한산도로 진을 옮긴 지 3년 7개월, 이순신의 나이 어언

쉰셋이었다.

"여봐라! 인생은 새옹지마로다! 어제의 음지가 오늘의 양지가 되었으니 이 아니 기쁠 소냐. 어서 풍악을 울려라! 으하하하. 으하하하."

이순신이 떠나자 원균은 운주당 안에서 두 팔을 벌려 덩실덩실 춤을 추면서 박장대소했다. 이 소리가 이순신 뒤편에서 울려 퍼졌다.

남녘 땅에 발을 디디면서 원균에 관한 추문(醜聞)이 잇달아 들려왔다. 지난날 휘하 장졸과 지인들은 이구동성으로 원균의 비행과 패악질을 말했다.

구례 현감 이원춘과 정사준이 와서 원균의 패악하고 망령된 행태를 고했다. 정원명도, 서산군수 안괄도 원균의 비행에 핏대를 세웠다.

"원균이는 나라 곳간만 축내는 망할 놈입니다. 무능한데다 음흉하고 노는 데만 정신이 팔린 날라리란 말이죠."

진홍국이 여수 좌수영에서 와서 눈물을 흘리며 원균의 패악질을 성토했다.

"어찌 왕은 저런 못되고 무능한 인간을 통제사로 정했단 말입니까. 왜군을 막을 방책은커녕 군영 운영이 개판이란 말입니다. 허구한 날 계집을 끼고서 술판에 잔치, 풍악을 울리니…. 장졸들의 마음은 모두 떠났습니다요."

전라병사 이복남 또한 원균의 추문에 대해 입에 침을 튀겨가며 열변을 쏟아냈다.

"원 장군이 내 전임 병사였지만, 병영을 폐허로 만들어 놓았어요. 칼, 창, 화살 등 군기 관리가 얼마나 엉망인지 녹이 다 슬어있고 화살은 날아가지도 않고, 저런 인간이 어찌 병사랍시고 떠벌이고 다녔는지, 한숨이 납니다그려."

충청 우후 원유남은 한산도에서 와서 원균의 흉포함을 지적하면서 "그 호랑말코 같은 놈 때문에 진중의 장졸들이 이탈하여 반역하니 장차 어찌 될지 모르겠다"고 탄식했다.

이와같이 원균의 세평은 매우 좋지 못했다. 특히 한산도에서 막 돌아온 이경신의 말은 충격적이었다.

"원균이 곡식을 교역한다는 구실을 삼아 하급관리를 육지에 보내 놓고 그 아내를 사통하려 했는데, 그 여인이 발악하여 따르지 않고 밖으로 나와 고함을 꽥! 꽥! 질렀다고 합니다."

"장수가 부하의 아내에게 손을 댔다면 성추행! 그건 즉결처분 감이다."

이순신은 너무 기가 막혀 한숨을 푹 내쉬었다.

류성룡은 '징비록'에 다음과 같은 기록을 남겼다.

"원균은 좋아하는 첩을 데려다가 그 집(운주당)에서 살며, 이중으로 울타리를 하여 안팎을 막아 놓아서 여러 장수들도 그의 얼굴을 보는 일이 드물었다. 술 마시기를 좋아하여 날마다 술주정과 성내는 것을 일삼았고, 형벌에 법도가 없었으므로 군중에서 수군거리기를, '만일 왜적을 만난다면 오직 도망가는 수가 있을 뿐이다'고 하였다."

여러 장수들은 원균 몰래 그의 비행을 비웃었고, 또한 품의(稟議 윗사람과 의논함)하거나 두려워하지도 않았으므로 호령(號令)이 행해지지 않았다. 부하들의 신망을 얻지 못한 원균은 지휘관으로서 이미 체통을 잃어버린 꼴이 되었다.

1597년 5월 8일 맑음.

"원균이 온갖 계략을 다 써서 나를 모함하려 하니 이 역시 운수인

가. 뇌물 짐이 한성으로 가는 길을 연잇고 있다. 날이 갈수록 나를 헐뜯으니 그저 때를 잘못 만난 것이 한스러울 따름이다."

영내 엄정한 군기 유지와 장졸들에 대한 신상필벌을 원칙대로 행한 이순신의 한산도는 정리정돈이 잘 된 '준비된 군영'이었다.

"허허 참, 원균 장군이 운주당에 첩을 데려와 주지육림으로 흥청망청했다니!" 이순신은 기가 막힌듯 쓴 웃음을 지었다.

1594년 6월 초4일 맑음.

"저녁에 겸사복(兼司僕 임금의 호위무사)이 왕의 분부를 가지고 왔다. 그 글 가운데 '수군 여러 장수와 경상도의 장수가 서로 화목하지 못하니, 이제부터 예전의 나쁜 습관을 모두 바꾸라'는 말씀이 있었다. 통탄스럽기 짝이 없었다. 이는 원균이 취하여 망발을 부렸기 때문이다."

이순신은 또 1597년 7월 14일 꿈 이야기를 적어놓았다.

"새벽꿈에 내가 이원익 대감과 함께 어느 한 곳에 이르니 송장들이 널려 있어 혹은 밟고 혹은 목을 베기도 했다."

불길한 예감이 든 이순신은 척자점을 쳐보았으나 적당한 괘를 찾을 수 없었다. 꼭 이틀 뒤 원균이 이끄는 조선 수군은 칠천량해전에서 궤멸하고 말았다. 이것은 분명히 패전을 예고한 현몽이었을 것이다.

08

칠천량 패전(敗戰)

1597년 2월 하순 한산도에 부임한 원균은 경상우병사 김응서를 불러 수륙합동작전을 제의했다.

원균은 부임하기 전부터 1592년 임진년의 치욕스러운 패배를 갚으려고 단단히 벼르고 있었다. 그해 4월 13일부터 일본의 15만 대군이 부산포로 속속 상륙할 때 경상우수사였던 원균은 개미떼처럼 바다를 까맣게 뒤덮은 왜 군선의 행렬에 식겁하고 허겁지겁 도망쳤다.

거제 오아포 진영의 판옥선과 총통, 화약, 식량 등을 모두 바닷물에 빠뜨렸다. 이른바 청야작전이었다. 또 이순신보다 더 큰 공을 세워야만 자신의 체통이 선다고 여겼다. 김응서 역시 오명을 씻을 기회를 노리고 있었다. 이중간첩 요시라를 통해서 고니시 유키나가(小西行長)와 자주 접촉하여 왕의 지적을 받아 파면당할 뻔했기 때문이다.

원균은 전임자 이순신이 정해놓은 군령과 규칙을 모조리 없애거나 뜯어고치는 것으로 이순신 지우기에 열중했다. 무엇보다 원균은 운주당 안팎에 울타리를 겹겹이 쳐서 안이 보이지 않게 하고 어린 애첩을 무릎에 올려놓고 밤마다 주연을 베풀며 흥청망청했다. 영내 군기를 엄정하게 세운다면서 사소한 실수도 용서하지 않고 군졸을 잡아다 시도 때도 없이 볼기를 쳤다. 이순신이 다져놓은 정돈된 군영의 엄정한 군기는 땅에 떨어졌고 휘하 장졸들과의 불통이 지속돼 고통스런 한산도가 되어갔다.

김응서와 수륙합동작전 이야기를 꺼내놓고도 세월아 네월아, 세월이 좀 먹느냐는 듯 한가한 태도로 일관했다. 통제사 원균 휘하에는 경상우수사 배설, 전라우수사 이억기, 충청도 수사 최호 등 정3품 고급 지휘관과 조방장(참모장) 배흥립과 김완, 웅천현감 이운룡, 가리포 첨사 이영남, 거제현령 기효근, 순천부사 우치적 등 역전의 쟁쟁한 용장들이 포진해있었다.

도체찰사 이원익은 남원에서 도원수 권율과 통제사 원균을 불러 작전회의를 열었다. 왜군 병력이 더 늘기 전에 한산도 동쪽으로 출진하여 적의 기세를 꺾어야 할 상황이었다. 하지만 원균은 좀체 움직이려 하지 않았다.

"우병사 김응서와 함께 싸우기로 했다는 보고는 진작에 받았소. 그 뒤 어찌된 것이요?"

체찰사 이원익은 추궁했다.

"경상우도 군사 수가 부족할 뿐 아니라 한산도의 수군도 노 젓는 격군이 모자라 지금 모으고 있는 중입니다. 망가진 총포를 수리하는 데도 시간이 많이 걸려요."

원균의 대답은 마치 전임자인 이순신의 태만을 원망하는 듯했다.

"왜적은 갈수록 병력을 증강하고 있소. 마땅히 부산포 근해로 나가 적의 항로를 차단해야 하지 않겠소?"

권율도 원균의 변명이 못마땅한 듯 다그쳤다.

"도원수께서도 아시다시피 왜 수군은 바닷가 성곽에 의지하고 있어요. 육전을 모르는 수군만 출진해서는 왜적을 쳐부수기가 용이치 않다 이 말씀입니다. 먼저 안골포의 왜성을 무찌르는 것이 상책이니 도원수께서 그리 명령을 내리시지요."

"아니 이 자가 내게 할 말 못 할 말을 가리지 못하네그려. 허허."

원균은 권율에게 육군을 동원해 왜성을 공략할 것을 강권했다. 이 수륙양동작전은 이미 이순신이 주장했던 것이었다. 그때 원균은 이순신이 한산도에 웅크리고 있는 '겁쟁이'라고 힐난했었다.

그러면서 자신이 맡으면 당장 부산포로 진격해서 왜군 본거지를 일거에 휩쓸어버릴 것이라고 큰소리를 탕탕 쳤다. 이 같은 호언장담을 담은 장계는 왕에게 올라가 환심을 샀고 수군통제사로 낙점(落點임명됨)받는 데 결정적 역할을 했다.

"아니, 통제사는 방금 경상우도의 육군이 고단하여 나가 싸우기 어려운 형편이라고 하지 않았소?"

이원익은 재차 추궁했다.

"육군이 어디 경상우도뿐입니까? 대감께서 군령만 내리신다면 얼마든지 군사를 집결시킬 수 있지 않습니까?"

원균은 직접 이원익에게 대거리하며 말을 이어갔다.

"대감, 저를 정녕코 못 믿겠다는 말씀입니까? 이제껏 이 원균! 이순신처럼 겁쟁이란 말을 들어본 적이 한 번도 없었단 말입니다. 암 없다마다요."

원균은 가슴을 치며 호기롭게 말했다.

"허허, 이런 해괴망측한 말을 함부로 입에 담다니, 그만하고 돌아가시오."

원균은 한산도로 돌아와서도 전투준비가 미흡하다며 차일피일 미루며 좀체 출진하려고 하지 않았다. 밤낮으로 관기들을 불러들여 술판을 벌이는 데만 신경을 썼다.

"영감, 주연(酒宴)도 좋지만 주리며 추위에 떠는 부하들도 신경 쓰셔야지요."

한 관기가 어렵사리 말을 꺼냈다.

"부하? 그따위 천것들을 왜 내가 신경써야 되느냐? 어림도 없지. 암. 근데 난 네가 오늘 참 이쁘단 말이다. 잔말 말고 어서 금침이나 깔아라. 으하하."

"아이 참, 오늘은 아니 되옵니다. 그날이라…."

"네가 죽으려고 환장을 했구나. 감히 내 말을 거역하다니 츠츠츳!"

한산도의 원균은 주지육림으로 세월을 보내고 있었다.

"부산 근해 왜 수군을 공격하라는 군령을 내렸는데도 아무런 기별이 없으니 어찌된 영문인지 살피라는 대감의 분부시오. 나도 사또와 함께 종군하리다."

체찰사 이원익의 종사관 남이공이 한산도로 와서 출진을 독려했다. 남이공은 왜란이 끝난 뒤 이이첨·정인홍 등 대북파가 온건한 남인인 류성룡을 탄핵하자 소북파를 이끌며 대북파와 극렬 대립해 국정을 농단한 장본인이 된다.

체찰사가 보낸 종사관의 말에 원균은 억하심정으로 더 술독에 빠졌다. 전날 밤 폭음에 술이 덜 깬 듯한 모습으로 마지못해 회의를 소집했다.

"아, 삼도 수군을 총동원하여 거제 동쪽 왜 수군을 치라는 체찰사 명령인데, 까짓껏! 죽지 않을 테니 나를 따르시오. 진격, 앞으로!"

원균은 임금이 하사한 환도를 틀어쥐고 언성을 높이며 위세를 부렸다.

"이런 때 이순신 통제사가 계셨다면 어떻게 했을까? 쯔쯧쯧!"

배설, 이억기, 최호 등 삼도 수사들은 혀를 끌끌 차며 원균의 경거 망동한 지시가 미덥지 못해 서로 얼굴을 멀뚱멀뚱 쳐다봤다.

"선용병자(善用兵者)!" "선위불측(先爲不測)!" "패적괴기소지(敗 敵乖其所之)!" 수사 세 명이 결기를 다지려 잇달아 한 구절씩 또박또 박 읊었다. 즉 "용병을 잘하는 자가 먼저 예측할 수 없는 상황을 만들 면, 적이 가는 방향을 어그러뜨릴 수 있다"는 뜻이다. 소수병력이 신 출귀몰하면서 대적의 허를 찔러 기습하는 기(奇) 전략이었다.

이억기는 한산대첩 때 이순신이 인출섬포(引出殲捕) 전술로 좁은 견내량의 왜 군선을 넓은 한산 앞바다로 유인한 뒤 학익진을 펼쳐 대 승한 경험을 떠올렸다.

7월 7일 새벽 마침내 원균이 이끄는 군선 200여 척이 한산도를 출 발했다. 왜군은 웅천, 안골포, 가덕도, 김해 등 해안의 성채 천수각에 서 조선 수군의 움직임을 샅샅이 살피고 있었다.

원균의 선단이 거제도 남쪽을 돌아 부산 절영도 근처에 이르자 갑 자기 풍랑이 거세게 일기 시작했다. 이때 군선 대여섯 척이 파도와 조류에 휩쓸려 가토 기요마사(加籐清正)가 주둔하고 있는 울산 서생 포 왜성까지 표류하다 좌초했다. 가까스로 상륙한 조선 군사들은 모 두 왜군에게 참살당했다.

격군들은 밀폐된 곳에서 물 한 모금 마시지도 못한 채 온종일 노를 저은 탓에 기진맥진했다. 날은 저물고 군선을 댈 만한 마땅한 곳도 없었다. 왜 군선은 두세 척씩 짝을 지어 조선 군선 가까이 출몰하면서 육지 쪽으로 유인하려고 했다.

"젠장! 이 굼벵이 새끼들아! 젖먹던 힘까지 내서 어서 빨리 노를 저으란 말이다!"

원균은 핏대를 올리며 윽박질렀지만 격군 중 일부는 손이 피범벅이 되어 노를 잡기도 힘들었다. 게다가 목도 마르고 배도 고파서 꼼짝할 수 없는 탈진상황이었다. 군선 간의 연락이 두절되자 갑자기 고립감을 느낀 원균은 후퇴를 명령했다.

"후퇴하라! 내일을 도모하리라! 빨리!"

원균은 울음 섞인 절규를 내뱉었다.

이때 어둠 속에서 탕! 탕! 탕! 소리와 함께 날아온 조총 탄환이 보성군수 안홍국의 가슴팍을 꿰뚫어 피가 솟구쳤다. 이어 조방장 배흥립도 유탄을 맞아 피를 흘리며 그 자리에 고꾸라졌다.

"신경 쓰지 말고 빨리 노를 저어라. 적탄이 어디서 날아올지 모른다."

오밤중에 가까스로 가덕도에 상륙한 군사들은 목을 축이기 위해 허겁지겁 우물을 찾았고 밥 지을 땔감을 구하러 숲속으로 들어갔다. 그때 가덕도 왜성의 복병들이 횃불을 들고 함성을 지르며 기습을 감행했다. 잇달아 쏟아지는 조총 탄환을 맞은 조선군들은 추풍낙엽이 되어 힘없이 나뒹굴었다.

곳곳에서 단말마의 비명소리가 터졌고 부상자들의 고통스런 절규가 난무했다.

"아~ 배고파 죽겠다." "으음, 나는 목이 말라서 죽겠어." 조선 군사 400여 명은 순식간에 몰살됐다.

허겁지겁 현장을 빠져나온 주력선들은 거제 북단 칠천도에 천신만고 끝에 도착했다. 칠천도는 예부터 옻나무가 많았고 바다가 맑고 고요하여 이순신 수군들도 이곳을 중간 기착지로 삼았던 곳이다.

7월 11일 도원수 권율은 이번 패전에 대한 책임을 물어 명색이 통제사인 원균을 불러다가 곤장을 쳤다.

"파도는 높고 군사들도 모두 지쳐서 싸울 형편이 되지 못했습니다."

"허허, 그걸 말이라 하는가. 무엇보다 유능한 장수를 둘씩이나 사상케 했소. 게다가 사백여 명의 군사를 잃은 죄! 으흠, 여봐라! 형판을 대령하라."

군복 하의가 벗겨진 원균은 형판에 엎어졌다.

"곤장 다섯 대를 쳐라!"

"아악! 야 이 죽일 놈아 살살 좀 쳐라. 아악!"

칠천도로 돌아온 원균은 실성한 듯 눈동자가 풀린 채 으악! 으아악! 괴성만 질러댔다. 그리고 애첩을 무릎에 앉혀놓고 나흘 동안 술만 내리 퍼마셨다. 수사들의 면담 요청도 거절했다.

"영감! 지금은 무작정 진군할 것이 아니라 전열을 가다듬어야 할 때요. 앞으로 나가고 물러날 때를 아는 것이 병가의 상책이오."

전라우수사 이억기가 임시 지휘소 방문 앞에서 큰 소리로 말했다. 그러자 경상우수사 배설도 입을 열었다.

"이곳 칠천도는 수심이 얕아 병선의 진퇴에 지장이 많으니 다른 곳으로 옮겨 포진해야 할 것이오."

머리카락을 흐트러뜨린 원균이 방문을 빼꼼히 열고 얼굴을 드러냈다. 두 수사를 번갈아 노려보고는 크게 소리 내어 웃었다.

"으하하하, 임전무퇴! 이 원균이는 이순신과 다르다는 말이오. 물러섬이 없단 말이요. 오직 돌격 앞으로! 돌격! 돌격!"

원균은 이성을 잃은 채 돌격 앞으로! 만 외쳤다.

이즈음 왜군은 수륙양면에서 조선 수군을 공격할 계책을 치밀하게 세웠다. 안골포에서 출동한 왜 군선은 한밤중에 칠천도에 포진한 조선 수군을 기습공격했다.

도도 다카도라(藤堂高虎), 가토 요시아키(加藤嘉明), 와키자카 야스하루(脇坂安治)가 승선한 아다케부네와 세키부네 등 군선 300여 척이 동원되었다. 편안히 쉬며 기다렸다가 지친 적을 친다는 이일대로(以逸待勞) 전략을 그대로 실행에 옮긴 것이다.

왜 군선들은 덩치가 큰 조선 판옥선을 겨냥해서 작은 총통과 불화살 공격을 연달아 퍼부었다. 불의의 기습을 당한 장졸들은 혼비백산해 허둥지둥했다. 총통 한번 제대로 쏘아볼 틈도 없이 일방적으로 두들겨 맞는 형국이었다.

왜 수군의 전법 가운데 임진년 초기 연간과 다른 것은 화포의 위력이 눈에 띄게 보강되었다는 점이다. 조선 군선에 올라탄 왜군들은 닥치는 대로 찌르고 베고 불을 질렀다. 이른바 등선백병전이었다. 전국(戰國)시대 100여 년 동안 갈고닦은 왜군의 칼솜씨 앞에 조선 수군은 아예 적수가 되지 못했다.

일방적으로 왜 수군의 공격을 받고 있는 혼란스런 상황에서 경상우수사 배설은 휘하 판옥선 10여 척을 이끌고 한산도 방향으로 뱃머리를 돌려 달아났다. 전라우수사 이억기와 충청수사 최호는 우국충정의 일념으로 끝까지 싸우다 왜군의 조총에 맞아 장렬하게 전사했다. 나머지 장졸들도 배 안으로 쳐들어온 왜군들과 미친 듯이 싸우다 죽어갔다.

곤양 출신 사수(射手)인 도치가 판옥선 바닥에 쓰러져 고통스러운 듯 신음을 토해내고 있었다.

"어 마니, 먼저 갑 니 다 요, 으음~ 콩 돌이, 콩 순이도 엄마와 잘 살 아라…. 끄윽!"

입아귀를 실룩이며 숨을 가쁘게 몰아쉬던 도치는 끝내 절명했다.

수십 척의 판옥선은 불에 활활 타올라 칠흑같이 어두운 밤바다를 환하게 밝히고 있었다. 하늘을 뒤덮은 검은 연기, 화약 냄새가 진하게 퍼졌고 고통스런 신음 소리와 악에 받친 울부짖음이 들려왔다. 간간이 콩 볶듯 터지는 조총 소리가 밤하늘을 흔들었다. 칠천량 바다는 붉은 피가 넘쳤고 잔해가 어지럽게 바다를 덮어 아수라장이 되었다. 조선 수군이 연기처럼 사라진 궤멸의 현장은 너무나도 참혹했다.

"으하하하, 이순신! 보고 있느냐. 지난 임진년 한산해전 때 내가 당한 그 치욕을 이제야 갚게 되었구나. 나는 죽어도 여한이 없게 됐느니라. 으하하하."

와키자카는 한산해전에서 이순신 수군의 학익진 전법에 걸려 거의 모든 군선을 잃은 뒤 겨우 몸만 피해 부산포로 도망친 수모를 겪은 바 있었다.

"사또! 군선 절반이 넘게 불타고 나머지는 수장되었소. 어서 빨리 피신해야겠소."

종사관 남이공이 절망적으로 소리를 질렀다. 간신히 포위망을 뚫고 탈출한 원균의 대장선은 가까스로 고성 땅에 도착했다. 기진맥진한 원균은 군사 몇 명의 부축을 받아 이끌려가다시피 했다. 나이가 쉰아홉에

다 원체 덩치가 커서 몇 끼니를 거르자 그만 기력을 잃고 축 늘어진 것이다. 겨우 소나무에 기대어 가쁜 숨을 몰아쉬던 원균은 갑자기 나타난 왜군 복병들에 의해 칼받이가 되어 무참하게 참살되었다.

"아악! 아악! 아악!"

피범벅이 된 그의 목은 비탈 아래로 굴러 떨어졌다.

조선 군선 268척 가운데 배설이 가지고 도망친 10여 척을 제외한 256척이 수장됐다. 물귀신이 된 전사자와 실종자는 7000여 명이 넘었다. 구사일생으로 겨우 목숨을 건진 군사들은 권율의 육군에 편입되거나 사방으로 흩어졌다.

"소서행장이 요시라를 통해 위계(僞計 거짓 계책)를 써서 김응서를 농락하여 이순신으로 하여금 중죄를 받게 했다. 또한 원균을 안으로 유인하여 여지없이 쳐부쉈으니 모두가 저들의 계략에 빠진 결과다. 어찌 통분하지 않겠는가."

류성룡은 피눈물을 흘리며 '징비록'에 이렇게 기록했다.

선조실록에서 사관은 "시사를 목도하건대 가슴이 찢어지고 뼈가 녹으려 한다"고 논했다.

초계 진영 무밭에서 사역 중이던 이순신에게 헐레벌떡 달려온 권율은 암담한 표정을 지으며 입을 열었다.

"영공! 원균이 기어코 조선 수군을 모두 물에 빠트려 죽였다 하니. 이걸 어쩐단 말이오?"

권율은 이를 부득부득 갈았다. 호미자루를 들고 있던 이순신은 입술을 지그시 깨물고 아무 말도 하지 않았다.

이순신의 항명
"광화문으로 진격하라"

나라가 위태로운데…
말 많던 자들은 다 어디로 갔는가

09

삼도수군통제사 재임명

16C 말 동북아 최강을 자랑하던 조선 수군이 어느 날 갑자기 연기처럼 사라졌다. 참으로 어이없는 참패였다. 몇 달 전 삼도수군통제사로 임명된 원균은 치밀한 전략 없이 화가 잔뜩 난 상태에서 무모하게 출전해 필패를 맞고 말았다. 이순신을 그토록 미워한 왕이 무자격자인 원균을 택함으로써 한번도 경험하지 못한 국가자살행위가 눈앞에서 벌어졌다. 1597년 7월 16일 거제 칠천량에서 있은 대참사다. 패전의 비보를 접한 왕은 비변사 비상회의를 긴급 소집했다.

아아악! 당황한 왕은 경악을 금치 못하고 있었다. 조정은 납처럼 무거운 침묵에 가라앉아 있었다.

"허 허, 패전이란 말이냐? 그것도 조선 수군 전체가 당했다고? 헉! 선전관 김식은 현장 상황을 본대로 말해보라."

"예, 전하, 우리 수군의 배들은 거의 전부가 불타거나 침몰하고 두 수사와 여러 장수들은 조총에 맞거나 물에 빠져 죽었습니다. 소신은 함께 싸우다가 통제사 원균과 함께 뭍으로 올라갔는데 원균은 걸음도 제대로 걷지 못하고 맨몸으로 칼을 짚고 나무 밑에 앉아 있었습니다. 왜적 예닐곱 명이 칼을 휘두르며 원균에게 달려들었는데 그의 생사는 알 길이 없사옵니다."

"뭐라? 지금 원균의 생사를 알지 못한다 했는가. 아아앙!"

눈시울이 붉어진 왕은 침통한 표정을 짓다가 끝내 눈물을 뿌렸다.

"예, 저는 몇 명의 군졸들과 앞서 언덕배기를 넘어갔기에 그 뒷일은 알지 못합니다."

"으음, 수군 전부가 무너진 것 같소. 이 일을 어찌하면 좋단 말인가?"

왕의 처절한 절규에 대신들은 서로 얼굴을 쳐다보며 아무 말을 하지 못했다.

"왜들 꿀 먹은 벙어리 모양으로 말이 없는가! 평시엔 입을 나불거리느라 분주했거늘."

왕의 슬픔은 분노가 되어 목청이 높아졌다. 그러자 영의정 류성룡이 머리를 조아리며 말했다.

"하도 사세가 딱하고 계책이 떠오르지 않아 말씀을 드리지 못하는 것입니다."

"으음, 승패는 병가지상사(兵家之常事)라고 했소. 이기고 지는 것은 하늘에 달린 일이란 말이오. 원균이 전사했다면 누가 나서야 할 것이 아니오."

왕은 원균을 그다지 나무라지 않았다. 이순신에게 죄를 주고 원균을 기용한 자신의 처사가 잘못됐음을 인정하고 싶지 않았던 것이다.

"급한 대로 통제사와 수사를 임명해야 하지 않겠습니까."

병조판서 이항복이 결연한 목소리를 냈다.

"평수길(平秀吉 도요토미 히데요시)이 노상 말하기를 먼저 조선의 수군을 쳐부숴야만 육군을 격파할 수 있다고 했소. 과연 그자의 뜻대로 됐으니 장차 어찌하면 좋겠느냐 이 말이오!" 왕은 흥분해서 목청을 높였다.

"만일 한산도를 잃게 되면 요충지인 남해가 위태롭게 될 것입니다."

류성룡이 아뢰자, 왕은 해도(海圖)를 손가락으로 꾹꾹 짚어가며 장탄식을 했다.

"허허, 어찌 남해뿐이겠소? 내가 있는 이곳도!"

"전하, 하루속히 후임 통제사를 임명하여 내려보내야 하겠습니다."

전임 도원수 김명원이 나섰다. 김명원은 임진왜란 이태 전 이순신을 정3품 당상관인 전라좌도 수군절도사로 강력히 천거했던 사람이다.

"종군한 남이공 보고를 보니 당초 원균은 출진하려고 하지 않았소. 전라우수사(이억기)도 무모한 싸움이라고 출진을 반대했다는 것이오. 그런데 도원수(권율)가 원균을 독촉하는 바람에 이 같은 낭배를 당하게 된 게 아니겠소. 흠."

왕은 푸념하듯 말했다. 대신들은 수심에 찬 얼굴로 묵묵부답, 침만 꼴깍 삼키고 있었다.

"더 이상 할 말이 없으면 어서들 돌아가시오. 골치가 아파 좀 쉬어야겠소. 음."

"전하, 신들을 죽여주시옵소서."

"정말 죽여주까요? 입에 발린 말들 이제 그만하시오. 듣는 사람도 지겨워 죽겠소. 이제 다 끝난 일이오. 왜군이 낼이나 모레 이곳으로 올지도 모르겠단 말이오. 허억!"

비변사 회동이 파한 다음 왕은 승정원(비서실)에 비망기(備忘記)를 내렸다. 비망기는 국왕의 특별지시다.

"여느 때처럼 동·서 붕당으로 나뉘어 치고받던 신하들은 다 어디로 갔다는 말인가. 임진년 내가 도성을 떠날 때 나를 비겁한 임금이라고 조롱한 사람도 입을 꾹 다물고 있으니 어째서 모두들 이토록 풀이 죽었는가. 원균으로 말하자면 그의 아비(원준량)는 병마절도사였고, 아들(원사웅)은 이번 칠천도 해전에 종군하여 전사했다. 그러니 원균 집안 3대가 나라를 위해 충성을 했다는 말이다. 대신들은 원균만을 나무라지 말고 심기일전하여 앞으로의 계책을 강구해야 할 것이다."

다음 날 아침 승지가 비변사 회의에서 비망기를 낭독하자 여기저기서 탄식하는 소리가 들렸다. 당상관(정3품)들은 연명으로 상소를 올렸다.

"신들은 부끄러운 마음을 금치 못하고 있으며 전하의 옥음(玉音 임금의 음성)에 깊은 감명을 받았습니다. 전하께서 그처럼 분발하셨으니 모든 신하와 백성들이 어찌 기운을 내지 않을 수 있겠습니까. 전하의 의지가 이렇게 강고할진대, 앞으로 왜적의 전란도 염려할 것이 없사옵니다."

'염려할 것이 없다?' 참으로 한심한 탁상공론이었다. 구체적인 방책이 없는 데다가 위기의식이 전혀 없는 대신들의 입에 발린 소리는 공허하기 짝이 없었다.

원균의 패전으로 말미암아 그중 면목이 없게 된 것은 북인 거두 이산해, 서인 두목 윤두수와 윤근수 형제, 서인 김응남 등이었다. 이들은 이순신을 파직하고 원균을 기용해야 한다고 입에 거품을 물었던 사람들이었다. 그런데 사세가 이렇게 황망하게 되자 면목이 없었음인지 납작 엎드려 눈알만 굴리고 있었다. 이 비굴한 모습을 본 왕은 경멸인지 모를 야릇한 미소를 흘렸다.

'그럼, 너희들이 그렇지. 원균이 어쩌구 저쩌구 입방아 찧을 때는 언제고 이제 와서 침묵으로 상황을 벗어나 보겠다? 허나 저들을 모두 목을 칠 수도 없는 노릇이고⋯. 아니지, 아니지 당쟁을 적당히 이용하면서 내 입지만 굳히면 되는 거야. 으하하.'

왕은 나라를 경영함에 있어서 대의명분과 민생이 아닌, 그저 자신의 명예와 이해관계에만 몰두하고 있었다. 그러니 나라가 제대로 굴러갈 리가 없었다. 조정에는 왕의 심기를 거슬리지 않고 자신의 자리를 보존하려는 간신배들의 아첨이 난무했다.

이즈음 이순신은 도원수 진영에서 무씨 뿌리는 밭농사에 투입되어 있었다. 권율은 둔전 현장으로 이순신을 다시 찾아와 땅이 꺼져라 한숨을 내쉬었다. 이순신이 통제사로 한산도를 지키고 있는 몇 해 동안 마음 놓고 지방을 순회하며 도원수의 소임을 수행할 수 있었다.

"사또, 일이 여기에까지 이르렀으니 앞으로 어찌하면 좋겠소? 속이 답답해 죽을 지경입니다."

이순신은 꾹 다문 입을 천천히 뗐다.

"비록 백의의 신분이지만 해안을 돌아본 다음에 방책을 세우지요."

"오! 그래 주겠소? 고맙소 영공! 하하."

권율은 반색을 하며 이순신의 손을 잡고 신신당부했다.

"필요한 사람은 누구든지 데리고 가시오. 마필도 다 준비해놓았소이다."

권율의 각별한 배려였다. 이순신은 자신이 잘 아는 장령과 군관 9명을 뽑았다. 송대립, 유황, 윤선각, 방응원, 현응진, 임영립, 이원룡, 이희남, 홍우공 등이었다. 이 중 송대립은 남쪽에서 줄곧 이순신을 수행하고 있는 송희립의 형으로 권율의 막료였다. 고위직이었던 윤선 각은 부제학, 승지 등 정3품 당상관을 역임하고 임진년에 충청감사(종2품)로 있었는데 왜군을 막지 못한 죄로 파직을 당했다. 그 뒤 도원수의 휘하에 있었다.

이순신만 백의종군 흰옷을 입었고 나머지는 모두 융복(戎服)을 입은 군복차림이었다. 일행은 곧장 말을 달려 사천, 곤양을 지나 노량 바다가 내려다보이는 하동땅에 도착했다. 곤양에서는 백성들이 농사에 힘써 이른 곡식을 거둬들이고 있었다.

"허어 기특하네, 세상에 죽으라는 법은 없는 것 같으이. 허허"

이순신은 말을 달리며 이같이 독백했다. 하동과 남해 사이의 노량 해협은 경상도에서 전라도로 진출하는 길목으로 전략적 요충지였다.

지난날 숱하게 지나다녔던 노량 바다를 한참 바라다보던 이순신은 전라우수사 이억기의 죽음이 떠올라 가슴이 아렸다.

'왜적들이 조선 수군에 겁을 먹고 감히 한산 앞바다로 나오지도 못했는데, 하루아침에 바람처럼 사라지다니….'

거제 현감 안위와 영등포 만호 조계종 등 지난날 부하 10명이 이순신을 맞았다. 이들은 이순신을 보자마자 땅을 치며 통곡했다.

"통제사 영감, 원균이 우리 수군을 모두 다 말아 먹었습니다요. 으흐흑."

"경상우수사 배설은 지금 어디에 있는가?"

이순신은 무엇보다 배설이 가지고 달아난 판옥선 10여 척의 행방이 궁금했다.

"아마도, 전라도 어디쯤 상륙해서 깊숙이 숨어있지 않을까요?"

안위의 말에 이어 조계종이 받아 보고했다.

"배설은 칠천도에서 도망친 다음 한산도를 깡그리 불살랐다고 합니다."

이순신은 충격을 받은 듯 잠시 주춤했다.

'얼마나 공들여 쌓은 금성탕지(金城湯池)였던가.' 금성탕지는 방비가 견고한 철옹성 같은 요새를 말한다.

모두들 한산도가 무너졌다는 소리에 비통함을 금치 못했다. 그러나 어찌하랴. 이미 지나간 일. 이순신은 심기일전하여 부하들을 다독였다.

"그래, 어차피 왜적들에게 이용당하느니 차라리 불태워버린 것이 잘한 일인지도 모른다. 다들 기운을 내라!"

이순신이 왔다는 소문을 들은 배설은 뒤늦게 어디선가 시무룩한 표정으로 나타나 무릎을 꿇었다.

"칠천량에서 도망친 일과 한산도를 불사른 것은 추궁하지 않겠소. 지금 당장 우리가 해야 할 일은 수군을 재건하는 일이오. 나와 함께 한목숨 바칩시다."

이순신은 조용히 타이르듯 말했다.

"황송하기 그지없습니다. 사또의 분부를 어김없이 따르겠습니다."

배설은 눈알을 굴리며 마지못해 대답했다. 이순신은 겁에 질려 떨고 있는 그의 모습을 보고는 아무런 기대를 걸지 않았다. 당장 배설이 숨겨놓은 장흥 회령포의 전선을 찾아 나서야겠지만 먼저 군사, 군기, 군량을 확보해야 하는 일이 더 시급했다.

노량 나루에는 중선(中船) 두 척을 포함해서 모두 대여섯 척의 배가 옹기종기 정박해있었다. 서쪽 하늘의 석양은 마지막 정열을 불태

우듯 뜨겁게 작열했다. 푸르른 바다는 타오르는 낙조를 받아 벌겋게 일렁이고 있었다.

'아, 어찌 이리도 가슴이 답답하단 말인가.'

이순신은 배 위에서 안위와 새벽까지 이야기를 나눴다. 잠시 눈을 붙였지만 기가 막혀서 끙끙 앓았다. 평소 지병인 속병이 도진 데다가 안질까지 얻어 몸 상태가 영 안 좋았다.

싸악 싸아악 새벽 파도 소리에 선잠이 깬 이순신은 간단히 아침 식사를 마친 뒤 군관들과 함께 노량 주변의 해안을 돌며 적정을 살폈다. 간간이 마주치는 피난민들과 포작(어부)들을 위로했다.

"아부지! 이순신 장군님이 여로 오셨다던데에."

"뭐라카나, 이 장군은 옥에 갇혔고 원 장군은 죽었다카이."

"아니 진짜, 아부지! 이 분이 바로⋯."

어느새 이순신은 이들 곁으로 성큼 다가왔다.

"하모, 뉘신지요? 이게 꿈인가 생신가. 장군님! 이젠 우린 살았심니데이. 고맙심니데이."

"허허, 전란에 얼마나 고생이 많소. 이젠 걱정없이 맘껏 고기를 잡을 수 있을 거요."

"와! 장군님을 직접 보니까니 억수로 멋있다카이, 내 평생 못 잊을기라. 하하."

이순신은 해안 사정을 담은 공문을 송대립에게 주어 원수부에 전하게 했다. 윤선각도 같이 갔다. 나머지 군관들은 이순신과 함께 진주 정개산성 맞은 편 손경례의 집으로 말을 몰았다.

1597년 8월 2일 비 후 갬.

"홀로 마루에 앉았으니 비통한 마음이 어떠하랴. 이날 밤 꿈에 임금의 명령을 받을 징조가 있었다."

"순신아! 나는 너를 하찮게 버렸으나 너는 나를 정녕코 버리지 않았다. 군신 간에 매우 부끄러울 따름이다. 네가 추국청에 끌려왔을 때 내가 한 말을 기억하느냐?"

"……."

"죽이지는 마라. 언젠가 한 번 써먹을 것이로다."

"아아악!"

이순신은 소스라치게 놀라며 잠에서 깨어났다.

아니나 다를까. 그다음 날 8월 3일 손경례 집에 선전관 양호가 득달같이 말을 달려 도착했다.

"백의종군 이순신은 어명을 받으시오."

선전관은 왕의 교서를 전했다. 기복수직교서(起復授職敎書)였다. 기복(起復)이란 상중(喪中)에는 3년에서 최소 2년 동안 벼슬을 하지 않는 것이 관례인데 나라의 필요에 따라 상복을 벗고 벼슬자리에 나오는 것을 말한다. 교지의 임명 날짜는 7월 23일이었다. 원균의 칠천량 패전이 7월 16일이었으니 왕과 조정의 논의가 얼마나 화급을 다투며 진행되었는지 알 수 있었다.

"경(卿 정2품 이상 호칭)의 이름은 일찍이 수사를 맡긴 그날부터 이미 드러났다. 임진년의 한산대첩 후 더욱 떨치어 군민(軍民)들이 만리장성처럼 경을 믿고 의지하였다. 지난번 경의 직함을 갈고, 죄인의 이름을 벗지 못한 채 백의종군케 하였으니 이 사람의 모책(謀策)이 밝지 못한 데서 비롯된 일이었다. 그리하여 오늘 치욕스러운 패전을 당한 것이다. 무슨 할 말이 있으리오.”

상하언재(尙何言哉)! 국왕은 자존심을 내려놓은 채 “무슨 할 말이 있느냐”는 미안함을 드러냈다. 왕의 유시(諭示)는 계속되었다.

“이제 경을 삼도수군통제사로 삼았으니 서둘러 군영과 군선을 정비하고 군사를 모으며 민심을 진정시켜 왜적을 막는 데 힘써야 할 것이다. 수사 이하를 지휘하여 군율을 범하는 자는 모조리 군법대로 거행할 것이다. 나라를 위해 한 몸을 잊으며 경우에 따라 나가고 물러서고 하는 것은 이미 경의 능력을 알고 있을진대 내가 다시 말을 할 필요도 없을 것이다.”

한때는 왕과 조정을 속이고 업신여긴다며 삭탈관직, 고문과 백의종군을 시켜 놓고 아쉬울 땐 찾을 수밖에 없는 단 하나뿐인 사람이 바로 이순신이었다.

이순신은 왕의 유서를 다 읽고 나서 북쪽을 향해 숙배했다. 머리가 땅에 닿도록 고개를 숙여 네 번 절을 하는 돈수사배(頓首四拜)는 왕에 대한 충성과 복종을 서약하는 의식이었다. 하지만 이순신의 마음속에는 바람 앞의 촛불같이 위태로운 나라와 헐벗은 백성을 먼저 살려야 한다는 일심이 꿈틀거리고 있었다.

다시 삼도수군통제사가 되었지만 군사, 군선, 군기, 군량 등 아무것도 없고 의지할 데도 없는 적빈무의(赤貧無依)한 상태였다. 임명장만 덩그러니 들고 선 이순신은 먼 산을 쳐다보며 허허롭게 웃음을 지었다.

“허 허 허, 이제 판옥선을 찾으러 가야한다.”

난세의 영웅이란 이처럼 어렵고도 고달픈 이름이었다.

애민을 지껄이던 놈들…
왜적 앞에 나서길 꺼리는구나

10

무너진 수군의 재건

다시 삼도수군통제사가 된 이순신은 맨 먼저 인솔 군관 황대중 이하 9명의 군관과 군졸 6명을 이끌고 전라도 광양(경상도 하동) 두치로 향했다.

두치는 경상도와 전라도를 잇는 교통의 요충지였다. 원균의 칠천량 패전으로 한산도 수군 본영이 무너지자 왜 수군들은 거칠 것이 없이 남해바다를 휘젓고 다녔다. 그즈음 왜군은 밀양, 김해, 진해, 진주를 유린하고 전라도로 향하고 있었다.

목표는 조명연합군(명 부총병 양원, 전라 병사 이복남)이 방어하고 있는 남원성을 먼저 공략한 뒤 전주성을 함락시키는 것이었다. 하동 포구에 왜 군선 120여 척이 도착해서 수 많은 군사를 풀어놓았다. 조선 수군이 궤멸된 것을 알고 있는 왜 수군장 와키자카 야스하루(脇坂安治)와 시마즈 요시히로(島津義弘)도 육군의 공격에 가담했다.

"분명히 남원, 전주를 치고 내려와 남해를 거쳐 서해로 올라가겠다는 것이렷다. 으음."

이순신은 그동안 모아놓은 첩보를 활용하여 적정(敵情)을 불을 보듯 훤히 꿰뚫고 있었다. 일본 관백 도요토미 히데요시(豐臣秀吉)는 임진년과 달리 정유재란 때는 전략을 바꾸었다. 조선 8도를 전부 점령하는 것이 아니라, 곡창지대인 적도(赤道 전라도)를 먼저 확보한 뒤 하삼도(충청, 전라, 경상도)를 지배하려는 책략이었다.

이순신은 밀려오는 왜군의 추격을 피하면서 조선 수군을 재건해야 하는 절체절명의 순간을 맞았다. 당장 군사와 군기, 군량, 군선 등 군수 물자를 확보하는 일이 시급했다. 왕과 조정의 군사 최고기관인 비변사의 지원은 아무것도 없었다. 따라서 이순신은 홀로 모든 일을 처리해야 하는 자급자족의 체계를 갖추고 고군분투했다. 자고로 조정 대신들은 입만 가지고 탁상공론을 하면서 현장 지휘관을 필요 이상으로 간섭함으로써 갈등이 생겼다.

홀로서기에 나선 이순신은 막막한 상황을 맞아 이리저리 궁리를 하다가 마침내 입을 열었다.

"우리는 두치로 간다. 그곳에서 다시 작전 지시를 내릴 것이다. 출발!"

초저녁에 하동 행보역에 이르러 말을 쉬게 한 뒤 한밤중에 달려 두치에 이르니 새벽녘 먼동이 트기 시작했다. 지리산 자락 쌍계동에는 큰비가 와서 길에 돌이 어지러이 솟아있었고 물이 넘쳐흘러 간신히 개천을 건넜다.

이윽고 석주관에 이르니 구례 현감 이원춘과 복병장 류해가 잠복해있다가 반갑게 맞았다.

"그래 수고들 많소. 왜군의 동태는 어떻소?"

"아직까지 나타나지 않았지만 온다면 바로 이곳을 거쳐갈 것입니다. 그래서 승병들과 함께 지키고 있습니다."

"수고들 하시오. 난 판옥선을 찾으러 가야 하오."

석주관은 진주에서 구례, 남원을 향해 넘어오는 왜군을 방어할 수 있는 최적의 요충지였다. 고려말 조선 초에 대마도의 왜구가 섬진강을 통해 전라도 내륙으로 침입하는 단골 통로이기도 했다.

저물녘 구례현에 들어가니 일대가 무인지경으로 온통 쓸쓸했다. 왜군이 몰려온다는 소문에 모두들 마을을 떠나 피난길에 올랐기 때문이었다. 이순신은 백의종군 때 도체찰사 이원익 대감과 만났던 현청 내 명협정을 지나 북문 밖 전날 들렀던 주인집에 가서 잤다. 손인필이 곡식을 지고 바로 달려왔다. 그 아들 손응남은 첫 수확한 올감(早柿 조시)을 바쳤다.

"그래 고맙다. 남쪽은 그래도 농사가 꽤 되는 것 같아 마음이 놓인다만…. 응 너도 먹어라."

손인필은 임진왜란 때 군자감(軍資監)에서 군량미와 군수품을 조달하는 일을 맡았었다. 그래서 그는 남해안 곳곳의 세곡이 모이는 장소와 군기물 창고의 위치에 정통해 이순신에게 많은 정보를 알려줬다. 지역 사정을 잘 아는 사람의 이런 정보는 큰 힘이 됐다.

이순신은 백의종군 때 구례와 순천 일대의 실정을 이미 파악해두었다. 이제부터는 몸에 밴 유비무환의 자세가 힘을 발휘할 차례였다. 휘하에는 수적으로 보잘것없이 적은 병력이었지만 이들의 뜨거운 결기는 산을 옮기고도 남을 만큼 단단했다. 용장 밑에 약졸 없는 법이다.

시간에 쫓기는 이순신은 말갈기를 휘날리며 힘차게 질주했다. 압록강원에서 점심밥을 짓고 말의 병도 치료했다. 곡성으로 향하는 섬진강 줄기는 풍광이 매우 빼어났지만 한눈을 팔 겨를이 없었다. 뒤쫓아오는 왜군을 피할 시간의 단축과 물자확보가 급했기 때문이었다.

군관 송대립과 박대남은 이곳 지리에 밝은 손응남과 함께 적진 지근거리까지 가서 적의 동향을 면밀히 살폈다. 이순신은 해전에서도 그랬듯이 주특기인 정탐, 탐망 전술을 적극 활용했다.

"조금만 늦었어도 큰일 났을 뻔 했습니다요. 왜군이 우리가 구례를 떠난 지 이틀 후에 들이닥쳤습니다."

"수고들 했다. 이제부터는 시간과 싸움이다."

이순신은 왜군이 석주관을 분명 통과했을 텐데 그렇다면 그곳 장졸들의 생사가 몹시 궁금했다.

심기일전한 이순신은 비록 수는 적었지만 모인 장졸들에게 다짐을 받았다.

"장졸들이여! 너희 모두들 나라와 백성을 위해 한목숨 바치지 않겠느냐?"

"충(忠)! 여부가 있겠습니까요. 통제사 영감!"

휘하 군졸들은 충성을 맹세하며 화답했다. 이순신은 상하 간 의기투합이 됨으로써 앞으로 생각지 못할 큰 힘을 발휘할 수 있을 것이라고 생각했다.

이순신의 수군 재건 전략은 구례에서 북상해 내륙인 곡성과 옥과현을 지나 낙안, 순천, 보성 등을 훑은 뒤 판옥선 12척이 있는 장흥 회령포로 가는 것이었다.

섬진강변에 여장을 풀었다. 천고마비의 계절, 청명한 가을 하늘은 티 없이 맑고 높았다. 초가을 볕에 섬진강물은 은빛 윤슬로 반짝거렸다. 이순신은 이 고장 특산인 은어, 메기, 쏘가리, 참게 등을 넣어 끓인 얼큰한 시래기국으로 오랜만에 포식했다. 그때 고산 현감 최진강이 교대근무조인 군졸 대여섯 명을 데리고 와서 합류시켰다. 단 한 명의 군사가 필요한 마당에 현감이 자발적으로 군사를 이끌고 온 것에 대해 감사를 표했다.

구례와 경계를 이루는 압록은 보성강이 섬진강과 만나 몸을 섞는 지점이다. 두 물줄기는 하나로 합쳐 지리산을 품은 구례, 하동을 가로질러 광양 망덕포구에서 남해 바다의 품으로 안긴다. 압록은 예로부터 농수산물 집산지로 사람이 모이는 곳이었지만 이곳 역시 적막하기 짝이 없었다. 멍! 멍! 멍! 개 짖는 소리만이 간간이 들릴 뿐이었다.

옥과현 초입에 들어서자 피난민들로 북새통을 이루었다. 왜군이 쳐들어온다는 소문에 순천과 낙안, 구례 등지에서 모인 백성들이었다. 커다란 등짐을 진 남정네들, 바리바리 싼 보따리를 머리에 인 여인네들, 그 식솔들이 장사진을 치고 있었다. 시장통같이 복잡한 행렬 속에서 서로 밀고 다투는 고함소리가 들렸고 가족을 애타게 찾는 서글픈 비명이 뒤섞여 아비규환을 방불케 했다.

"순돌 엄마! 싸게싸게 따라 오드라고. 왜놈에게 잡히면 끝장이랑께."

"칫! 코와 귀밖에 더 잘릴 게 있을랑가. 아 근디, 솥단지를 놓고 와 부렀네."

"이 여편네가 시방 솥단지가 중혀? 사람 목숨이 오락가락하는 판인디."

"씨잘데 없는 소리 하들 마시오 잉. 피죽도 솥단지 없으믄 말짱 헛것 아니당가."

그때 사십 줄에 들어선 한 남정네의 우렁찬 목소리가 피난민들의 시선을 끌어모았다.

"여보게들, 들어보랑께! 거 뭐시냐, 사또, 아 이순신 장군님께서 오셨 당께로. 이제 우린 살아부렀다 이말이여. 다 같이 장군님 만세! 함세."

"장군님 만세! 만만세!"

남녀노소 피난민들은 고단함도 잠시 잊은 채 기쁜 표정을 지으며 이구동성으로 소리를 질렀다. 이순신은 말에서 내려 길가 큰 홰나무 옆 정자에 올라 피난민들을 타일렀다.

"왜적은 우리가 막을 테니 노인과 어린애들을 잘 챙기시오."

이 말이 끝나자마자 젊은 장정 몇몇이 가족들을 뒤로 하고 종군을 허락해줄 것을 청했다. 하나 둘 모인 병력을 인솔 군관 황대중이 점검해보니 모두 80명이었다.

"나도 따라 갈랑께로. 난 살 만큼 살았부렀어. 그깟껏 죽음이 안 무섭단 말시. 왜놈에 코 베어 죽으나 굶어 죽으나 매한가지 아니여?"

"임금? 고관대작? 왜놈이건 때놈이건 밥 주는 놈이 우리 왕이제. 누구 땜에 이 개고생을 하는가 말이여. 모조리 쳐죽일 썩을 놈들 같 으니라구!"

군중에서 누군가 왕과 조정 대신들을 조롱하며 분통을 터뜨렸다. 순간 이순신은 침묵했다.

'소작농으로 피땀 흘려 땅뙈기 파먹다가 기약 없이 유랑길을 떠나면 누가 재워주고 밥을 준단 말인가. 북쪽의 왕과 고관대작들이시여, 여전 히 입만 살아 애민이니 뭐니 번드레한 말만 하고 계시지는 않소이까. 눈물마저 메말라 버린 백성들의 이 한탄이 안 들리시는지. 허허.'

이순신은 치밀어오르는 분노를 꾹 참고 끝내 내색하지 않으려 애 썼다. 꽉 막힌 피난 행렬 사이를 간신히 비집고 들어간 이순신 일행은 옥과 현청에 당도했다.

한때 종사관이었던 정사준과 호위군관 정사립 형제가 마중을 나왔다. 또 임진왜란 때 거북선 돌격장으로 전장을 누비던 이기남도 보였다. 옥과현감 홍요좌는 처음에는 병을 핑계 삼아 코빼기도 내밀지 않다가 잡아다가 처벌을 하려 하자 마지못해 나타났다. 전라 병사 이복남의 군사들 가운데 이탈자 일부가 피난민 속으로 파고들었다. 군관 송대립이 이들에게서 말 세 필과 약간의 활과 화살을 빼앗아왔다. 그리고 수군에 합류시켰다.

이날 석곡 강정에서 유숙했다. 강가 정자에 누우니 밤하늘에 총총히 박힌 별들이 유난히 반짝였다.

'사람이 죽으면 그 혼백이 각자 저 별로 들어가 영원히 살지 않을까.'

이순신은 허황한 생각을 했음이 쑥스러웠는지 피식 웃었다. 낮엔 피난민들로 그렇게 북새통을 이뤘지만 밤이 되자 사방은 쥐 죽은 듯 고요했다.

다들 어디로 가서 하룻밤을 지새는 것인지, 추위와 배고픔은 또 어떻게 달랬는지 궁금했다. 전쟁 때는 힘없는 노인과 여인네, 어린애들이 더욱 고통스러운 법이다. 물론 남정네들의 고단한 수고는 말할 것도 없을 것이다. 백성은 그저 등 따습고 배부른 것을 이 세상 최고로 쳤다. 피난민들은 칠흑 같은 밤 속으로 종적을 꽁꽁 감춰버렸다. 풀벌레 소리 진동하는 밤에 지천으로 깔린 하얀 목화꽃은 달빛을 받아 슬프도록 아름다웠다. 짝을 찾아 반짝이는 반딧불이의 환상적인 불빛이 신비감을 더해주었다. 이순신은 내일을 위해 고단한 몸을 뉘었다.

어김없이 날이 밝았다. 이순신은 송대립의 정탐 보고에 따라 석곡을 거쳐 순천으로 가야겠다고 마음을 먹었다.

"보성강을 건너 순천 부유창으로 간다."

계절은 초가을이었지만 강바람은 초겨울의 서늘한 한기를 뿜어댔다. 부유창에 도착할 무렵 전라 병사 이복남이 남원으로 올라가면서 이미 불을 놓아버렸다는 말을 들었다. 단 한 명의 군사, 단 한 자루의 총통과 화약, 단 톨의 식량이 급한 이순신으로서는 낙담하지 않을 수 없었다.

"아, 간발의 차이라. 하늘은 어찌 이리도 도와주지 않는다는 말인가."

그러나 슬퍼할 겨를이 없었다. 우선 전령을 보내서 흩어진 관리들을 소집했다. 광양 현감 구덕령, 나주 판관 원종의, 옥구 현감 김희온 등이 부유창 아래에 숨어있다가 급히 달려왔다.

이순신 일행의 행군은 계속됐다. 순천 청소골 송치봉에서 발원한 서천과 동천을 따라 말을 달렸다. 이순신의 순천부 방문은 백의종군하던 4월 27일 도원수 권율을 만나러 와서 17일 동안 머문 이후 100여 일만이었다. 순천성 안에 들어가니 사람의 그림자라곤 하나도 찾아볼 수가 없었다.

이순신이 곧장 군기고와 식량창고가 있는 곳으로 말을 달렸다. 어디선가 까마귀와 까치가 날아와 까악 까악 울어대더니 창고의 문짝에 머리를 부딪쳐 피를 흘리고 죽었다. 이상한 생각이 들어 군졸들에게 문을 열도록 지시했다. 거기에서 크고 작은 활과 화살이 쏟아져 나왔다. 총통과 화약도 대량으로 쌓여있었다. 긴 화살과 편전(片箭 아기살)은 군관들에게 나누어주고 운반하기 힘든 무거운 총통은 일단 땅에 파묻고 표식을 해놓았다.

"아, 하늘은 스스로 돕는 자를 돕는 것인가. 은혜로운 까마귀와 까치를 잘 파묻어 주어라."

바로 그때 승병 혜희가 나타났다. 혜희는 불타버린 한산도 본영의 사정과 지나온 경상도 해안의 왜군 사정을 소상하게 들려주었다. 이순신은 호국불교의 전통을 이은 혜희의 노고를 치하하고 그 자리에서 직첩(職牒 사령장)을 주어 승병장으로 임명했다. 앞으로 의승수군을 모집하도록 독려하는 뜻이었다. 순천부 관청 앞에는 커다란 비석이 우뚝 서 있었다.

"저건 무슨 비석인가."

"이 팔마비는 청백리 최석의 청렴을 기리는 비석입니다요."

호위군관 정사립이 나서서 설명했다. 고려 충렬왕 때 승평(순천의 옛지명) 부사 최석이 개성으로 발령이 나자 고을 사람들이 헌마(獻馬) 관례에 따라 말 여덟 마리를 바쳤다. 극구 마다하던 최 부사는 끝내 사람들의 청을 못 이겨 말을 가져갔다. 그후 말이 낳은 새끼 한 마리까지 더해 모두 아홉 마리를 돌려보냈다. 이후 지방관에게 말을 바치는 헌마 폐습이 없어졌다고 했다. 청백리 최석의 사연을 들은 이순신은 밝은 표정을 지었다.

"허허, 모처럼 만에 피로가 싹 가시는 소리로구나. 이 난리 통에도 백성의 고혈을 빨아먹는 거머리 같은 탐관오리들이 수두룩한데…."

순천부에서 병력 60명을 충원하여 거의 200여 명이나 되었다는 보고를 받은 이순신은 감격스런 표정을 지었다.

다음날 순천만을 끼고 한나절 거리인 낙안읍성에 도착했다. 그곳에서 순천부사 우치적과 김제군수 고봉상을 만났다. 우치적은 이순신을 보자마자 반색하며 다가왔다.

"영감, 원균의 수군이 궤멸했다는 비보를 들었습니다만. 참담합니다요."

"음, 이제부터 다시 시작이요. 같이 갑시다."

동네 촌로들이 길가에 늘어서서 앞다퉈 술병을 바쳤다. 이순신은 백성들의 피와 땀으로 빚은 술이므로 손사래를 치며 극구 사양했다. 하지만 그들은 눈물을 흘리면서 간곡하게 권했다. 마을 사람들은 미리 장만한 찐 닭, 말린 생선, 말린 사슴고기 등 안주를 푸짐하게 내왔다.

"장군님, 이것 드시고 힘내시요잉."

"허허, 어려울 때 이렇게 호의를 베풀어주시니 고맙소이다."

이순신은 마침 목이 말랐던 참에 한 잔 쭈욱 들이켜니 묵었던 체증이 풀리는 듯 속이 개운해졌다. 군졸들에게도 한 순배씩 돌리며 격려를 아끼지 않았다.

당산나무가 나뭇가지를 활짝 펴서 너른 그늘을 만들어주었다. 군사들은 점심 식사를 마친 뒤 꿀맛 같은 휴식을 취했다. 읍성 남문을 나서는 이순신의 마음은 벌써 벌교를 거쳐 보성 득량만으로 가 있었다. 그곳에 세곡을 보관하던 조양창이 있었다.

"어서 빨리 식량을 구해야 한다."

특히 군졸들과 피난민들의 식량을 책임진 이순신의 어깨는 무거웠다. 아무리 천하장사라 할지라도 먹어야 맥을 추는 법이다.

이순신의 항명
"광화문으로 진격하라"

11
열두 척의 배

음력 8월 초 가을볕이 따가웠다. 벌교를 지나 조양창이 있는 보성 고내마을에 늦게 도착했다. 이곳 역시 사람들이 피난을 떠나 굴뚝에서 연기가 사라진 지 오래된 듯했다. 조양창은 남쪽 지방에서 조세로 바치는 세곡(稅穀)을 보관하는 창고였다. 다음날 일찍 창고를 살펴보니 봉인을 뜯지 않은 많은 곡식이 차곡차곡 쌓여 있었다.

"아, 하늘이 도와주시는구나. 됐다! 이제 수군을 재건할 수 있을 것이다."

이순신은 가슴 뿌듯함을 느꼈다.

먼저 이곳 쌀과 잡곡을 섞어서 군사들에게 밥을 해 먹였다. 모두들 허기진 배를 채우자 곳곳에서 즐거운 웃음소리와 콧노래마저 흘러나왔다. 이순신은 인솔 군관 황대중과 조팽년을 불러 양곡 100석을 10척의 배에 실어서 진도 벽파진으로 옮겨놓을 것을 지시했다. 향후 땅끝마을인 해남의 전라우수영을 거점으로 수군을 복원할 계획을 가지고 있었기 때문이었다.

조양창 뒤편 야산에는 시누대가 많았다. 시누대는 화살을 만드는 데 쓰는 가는 대나무다. 시누대 역시 많이 확보했다.

　김안도 집에서 유숙하면서 임진왜란 초기 연간 전장을 같이 누볐던 배흥립과 수군재건에 관한 계책을 이야기했다. 이순신의 신망이 두터웠던 배흥립은 막하에서 공을 크게 세워 가선동지(嘉善同知), 종2품의 품계까지 받은 지장이자 용장이었다. 원균의 칠천량 해전에서 부상했지만 많이 회복되어 있었다.

　다음날 양산항의 집으로 옮겨서 유숙했다. 이즈음 몸이 몹시 불편했던 이순신은 이곳에서 하루 더 머물렀다. 주변 정탐을 나갔던 군관 송희립과 최대성이 돌아와 보고했다.

　"장군! 왜군의 별다른 동향은 없었습니다. 계속 지키도록 하겠습니다."

　"그래 수고 많았다. 탐망 중인 승병들과도 협조를 잘하거라."

　거제 현령 안위와 발포만호 소계남, 보성군수가 와서 인사를 하고 돌아갔다.

　보성 조양창과 양산원의 양곡 창고에서 식량을 구했음으로 이곳은 추후 득량(得糧)이라고 불렸다. 하동 현감 신진이 와서 보고했다.

　"진주 악견산성을 지키던 경상우병사 김응서는 적군이 온다는 소식을 듣고 미리 겁을 먹고 달아났답니다. 또 정개산성도 진주목사가 홀연히 사라져 무너졌다 합니다."

　"김응서, 그자가 요시라와 내통하는 바람에 이 난리가 난 것이 아닌가. 미덥지 못한 인물이야. 흠."

　이 두 지역의 관할 책임자는 전라 병사 이복남이었다. 조선군 1000여 명을 이끌고 남원성 전투에 참가한 이복남은 1597년 8월 15일 성이 함락되면서 군사들이 거의 전사하자 화약고에 뛰어들어 자폭했다.

　이순신이 머무는 양산원의 집에 한때 전라좌수영 우후(虞侯 정4품)

였던 이몽구가 찾아왔으나 만나지 않았다. 한때 이순신의 참모장이었 지만 수군 재건에 필요한 군기와 군량 등 어느 하나도 준비하지 않고 몸만 달랑 왔기 때문이었다. 그래서 그 책임을 물어 다음날 곤장 80대를 치게 했다. 곤장 80대면 장독(杖毒)이 올라 죽을 수도 있는 중형이었다.

경상우수사 배설은 종적을 감추고 사라져 감감무소식이었다.

"대체 배설은 판옥선을 어디다 갖다 놓았단 말인가. 답답하기 짝이 없구나. 으음."

이순신은 배설의 희미한 처신에 분통이 터졌다. 이날 조정으로 올라갈 장계 7통을 봉하여 윤선각에게 주어 보냈다. 오후에 어사 임몽정과 보성군청에서 만나 군사, 군기, 군량을 모으는 일에 대해 애로사항을 이야기했다. 그날 열선루에서 잤다.

이튿날인 8월 15일 열선루에서 집무를 보는데 선전관 박천봉이 왕의 유지를 가지고 다급히 뛰어왔다. 8월 7일 성첩한 것이었는데 이순신은 뜯어보기도 전에 불길한 예감을 느꼈다.

"영상 대감(류성룡)은 잘 계십니까."

"네, 지금 경기도 지방을 순행중이십니다."

이순신이 이 질문을 한 것은 왕이 보낸 유서에서 뭔가 석연치 않은 느낌이 들었기 때문이었다.

"통제사 이순신은 들으라. 이제 수군을 해산하고 군사들을 도원수 (권율) 막하의 육군으로 편입해야 할 것이다. 통제사 역시 육지에서 군사를 모집하여 왜적과 싸워야 할 것이다."

수군폐지령이었다. 경천동지할 사안이 아닐 수 없었다. 이순신은 자신의 눈을 의심하면서 몇 번이고 다시 확인했지만 수군 폐지가 틀림없었다. 그러나 아무리 왕의 명령이라지만 이런 어이없는 명령에 화가 치밀어올랐다. 8월 3일 진주 수곡 손경례 집에서 재임명 교지를 받은 뒤 군사, 군기, 군량, 군선을 모으느라 동분서주하는 마당에 가당치 않은 명령을 받는다는 것은 허탈하기 짝이 없는 노릇이었다.

'조정대신들이여! 아무리 상황판단에 어두운 영혼이 없는 작자들이라고 해도 그렇지…. 나라를 말아먹으려고 작정을 하지 않고서야 어찌 이런 어처구니없는 계책을 내놓을 수 있단 말인가.'

생각이 여기에 미치자 이순신은 선전관이 옆에 있음에도 불구하고 냅다 고함을 질렀다.

"수군폐지라니, 이건 미친 짓이다!"

"수군폐지라구요? 누구 맘대로 이랬다저랬다 하는 겁니까. 여태껏 영공께서 동분서주하며 심혈을 기울였는데, 돌부처도 웃을 일입니다. 허허."

곁에 있던 배홍립도 놀라며 거들었다. 이순신은 하늘이 두 쪽 나도 수군만은 절대 포기할 수 없다는 결의를 재차 다졌다. 급히 붓을 들어 장계를 초했다.

"지금 신에겐 아직 12척의 전선이 있습니다. 죽을힘을 다해 적과 싸우면 결코 가망이 없지 않습니다. 비록 전선이 몇 척 안 된다 할지라도 신이 죽지 않았으니 적은 감히 우리를 업신여기지 못할 것입니다. 임진년 이후 5, 6년간 적이 전라도와 충청도를 침범하지 못한 것도 수군이 남해의 길을 막았기 때문입니다."

'금신전선 상유십이(今臣戰船 尙有十二)!' '신에게는 아직 열두 척의 전선이 있다'는 말은 왕 한 사람에게 충성하지 않고, 나라와 만백성을 위해서 움직일 것이라는 결연한 의지였다.

"저, 통제사 영감, 자칫 항명으로 비쳐지면 또 커다란 분란이 일어날 텐데요. 이걸 어쩌나."

곁에 있던 선전관이 걱정스런 눈빛으로 말했다.

"자네는 걱정 말고 이 장계를 가지고 올라가게. 수군을 폐지하려면 나를 먼저 밟고 가라 전하시게. 흠."

수군 폐지는 왕 한 사람의 심기를 건드리고 말고 하는 문제가 아니라 나라의 존망이 걸린 중차대한 일이었다.

비가 오다가 늦게 갠 밤하늘에 휘영청 보름달이 떠올랐다. 달빛에 물든 열선루 처마에서 이곳 보성군수를 지냈던 장인 방진의 모습이 어른거렸다. 촛불 하나 밝혀둔 조촐한 주안상 앞에서 이순신은 눈물을 흘리고 있었다.

어머니 상례를 치르지 못한 자괴감이 들었고 아산집 가족들의 그리운 얼굴이 하나씩 떠올랐다. 무엇보다 수군을 폐지하겠다는 왕의 편벽한 처사가 답답해 울화통이 터질 지경이었다.

'아, 이 나라의 앞날은 어떻게 될 것인가.'

이순신은 마음을 진정하려 일어서서 휘파람을 불다가 나직이 한산도 시절 진중음을 읊었다.

"한산섬 달 밝은 밤에/ 수루에 홀로 앉아/ 큰 칼 옆에 차고/ 깊은 시름 하던 차에/ 어디서 일성호가는/ 남의 애를 끊나니."

우국충정에 한 잔, 고독한 심회에 한 잔, 한 잔 마시다 보니 정신을 잃을 정도로 만취했다. 몸을 가누기가 어려워 열선루 바닥에 그대로 쓰러졌다. 살포시 내려앉은 달빛이 주검처럼 누워있는 이순신을 무심히 비추고 있었다.

새벽녘 꿈자리가 사나웠다.

"당장 수군을 폐하라 하지 않았느냐! 어차피 원균이 다 죽인 귀신들이 살아날 것도 아니고, 포기는 빠를수록 좋다. 어서!"

"초라한 수군 사정을 살펴 수군을 폐지하겠다는 말은 고마우나 받아들일 수 없는 명입니다. 수군이 없다면? 이 나라, 백성 그리고 임금 자리도 온전하지 못할 것이오."

"뭐라? 지금 내 옥좌를 들먹였는가. 의금부 금오랑들은 뭘들 하느냐 역심을 품은 역도(逆徒)! 저자의 목을 당장 베서 광화문 저잣거리에 효수토록 하라."

"나는 죽어도 괜찮으나 임금은 나라와 백성을 살리는 길이 무엇인지 똑바로 알아야 할 것이오."

"아니 또 이 자가 지난번처럼 왕명을 한 귀로 흘려버릴 작정이군. 왕을 능멸하면 삼족을 멸하는 것쯤은 알고 있을 텐데 말이야. 당장 이 역도를 참하라!"

"당장 없어져야 할 사람은 바로 왕 자신이오. 알겠소?"

이 말이 떨어지자마자 예의 그 망나니가 나타나 이순신 목을 향해 비수를 던졌다. 비수가 이순신의 목에 꽂히려는 찰나, 두 자루의 칼이 홀연히 나타나 휘잉 쨍! 하며 비수를 쳐냈다. 공중으로 튀어 빙글빙글 돌던 비수는 용의 역린(逆鱗)을 향해 내리꽂혔다.

순간 진노한 왕은 와룡촛대를 집어 던졌다. 촛대마저 두 동강 낸 두 자루의 칼은 곧장 용의 아가리와 눈을 찔렀다. 크아앙! 공중으로 튀어올라 닫집을 치받고 괴성을 지르던 용은 심하게 요동치다가 마침내 숨통이 끊겼다. 하얀 한 줌 재가 되어 연기처럼 스르륵 사라졌다.

아아악! 이순신은 화들짝 놀라 잠에서 깨어났다. 다음날 선전관이 돌아간다기에 나주목사와 어사 임몽정에게 보내는 편지를 부탁했다. 어사에게 준 편지 속에는 수군 재건에 관한 확고한 의지가 담겨 있었다.

다음날 일상으로 돌아온 이순신은 보성군수와 군관을 굴암으로 보내어 피난 간 관리들을 찾아오게 했다. 지난 시절 충성스런 부하 김희방과 김붕만이 와서 반겼다. 오후에 궁장 지이와 태귀련 그리고 선의, 대남 등 종들이 들어왔다. 태귀련은 한산도에서 이순신에게 두 자루의 칼을 만들어 바쳤던 대장장이였다. 그를 보자 그때 지은 검명이 문득 떠올랐다.

'삼척서천산하동색(三尺誓天山河動色)' 석자의 칼로 하늘에 맹서하니 산천초목이 알아들었고, '일휘소탕혈염산하(一揮掃蕩血染山河)' 한번 휘둘러 쓸어버리니 산하가 피로 물들도다.

"아! 읽어도 읽어도 참으로 장쾌하도다."

수백 명이 넘는 군사들과 무기를 실은 네 마리의 말이 바닷가 군학마을의 군영구미에 도착했다. 경상우수사 배설이 그곳 해안으로 배를 끌고 온다고 했는데 아무리 기다려도 오지 않았다. 이순신과 수군들은 눈이 빠지게 바다를 바라보았으나 허탕을 쳤다.

배설은 어디로 갔는지 온다간다 말도 없이 감감무소식이었다. 나중에 알고 보니 이곳을 들르지 않고 곧장 장흥 회령포로 가버렸던 것이다. 그래서 이순신은 하는 수 없어 보성군관 김명립과 해상의병 마하수, 정경남, 백진남, 문영개, 변홍원, 변홍제 등에게 일러 서둘러 여러 포구로 달려가서 향선 10여 척을 징발해오게 했다. 이순신은 임무를 완수한 이들의 공로를 높게 치하했다.

"마하수, 자네가 이곳 사정을 잘 알아서 커다란 도움이 됐네그려."

"지는 비록 늙고 쇠약해도 가심 속에 오직 이 의(義)! 자 하나만 가지고 살아부렀습니다요. 마땅히 통제사 영감님과 같이 죽고 살 것입니다요."

마하수는 자신의 팔뚝에 새긴 일심(一心)이란 문신을 보여주며 힘주어 말했다. 일심은 이순신의 수결이기도 했다. 마하수가 데려온 향토 의병들은 그동안 내륙에서 확보한 군수물자를 10척의 배에 실었다. 이를 바라보는 이순신의 마음은 다소나마 흡족했다.

그때 장흥의 군량을 관리하는 감관(監官)과 색리(향토 아전)가 식량을 모두 훔쳐 달아나다가 걸려 붙잡혀왔다. 이순신은 공직자로서 선공후사 정신이 없는 탐관오리들을 엄하게 질타하고 중한 곤장형을 내렸다.

"저놈들은 모조리 참해야 옳으나, 사정이 급하니 장형 80대씩 쳐서 잘못을 뉘우치도록 하라."

바닷가에는 짙은 안개가 자욱해 한 치 앞을 분간할 수 없었다. 안개가 걷힐 때까지 기다렸다가 늦은 아침에 출항했다. 돛이 오르고 썰물에 갈바람을 탄 배들은 미끄러지듯 포구를 벗어났다. 바다에 떠있는 배들은 곧 장사진을 치고 일렬로 장흥 회령포로 향했다.

배설은 회령포 진성에서 배멀미가 심하다는 핑계로 나오지 않았다. 다음날 이순신은 북쪽 임금을 향한 망궐례(望闕禮)를 거행하면서 임금이 내린 통제사 재임명교지에 숙배하는 의식을 가졌다. 여러 장수들이 교서에 숙배하는데 배설은 뻣뻣하게 서서 절을 하지 않았다. 그 오만방자한 태도가 이루 말할 수 없어서 배설 대신 그 아전을 불러 곤장을 10대를 쳤다.

원래 망궐례는 음력 초하루와 보름에 각 지방의 관원이 임금을 상징하는 궐패(闕牌)에 절하던 의식이었다. 그런데 이순신이 갑자기 의식을 치른 것은 통제사 재임명에 대한 확고한 의지를 다지고 자칫 흐트러지려는 수군들의 저하된 사기를 고무시키기 위함이었다.

그날 회령포 만호 민정붕이 전선에서 받은 물건을 사사로이 피난민들에게 나눠준 죄로 곤장 20대를 맞았다. 이순신은 이렇게 해이해진 군기를 하나씩 잡아나갔다.

배설은 이순신을 피하고 있었다. 필사즉생! 죽기로 작정하고 싸우면 살 수 있다는 이순신의 결기를 도저히 따를 자신이 없었고 무엇보다 칠천량 패전의 후유증으로 전쟁 공포증마저 보였다.

이순신은 장졸들을 집합시킨 가운데 배설에게 앞으로의 과제를 물었다.

"배 수사, 앞으로 계책이 있으면 들려주시오."

"통제사 영감, 우리 수군은 고작 10척 남짓한 군선만 있을 뿐입니다. 거제도 해전에서 왜적은 500척이 넘는 수군을 동원했으니 비교하는 것조차 허망한 일이요. 중과부적(衆寡不敵) 상황이란 말입니다. 이참에 수군을 버리고 육군으로 합류하는 게 옳다고 믿고 있소이다."

"어허, 그대도 수군폐지라? 아니 그 무슨 가당치 않은 소리요? 수군이 없으면 바다가, 나라가, 백성이 어떻게 되리라는 것은 불을 보듯 뻔하지 않소?"

이순신은 화가 머리끝까지 치밀어 목청을 높였다.

"들어라, 장졸들이여! 지금 배 수사가 중과부적을 말했는데 수가 적으면 다른 전략을 쓰면 된다. 이소격중(以少擊衆)이라는 전법도 있다.”

이소격중은 아약적강(我弱敵强), 아군의 세력이 약하고 적군이 강할 때 쓰는 병법으로 주변 환경을 이용한 기습전을 말한다. 그러면서 이순신은 다음과 같이 전승의 예를 열거했다.

“한나라 광무제의 곤양대전, 오나라 주유의 적벽대전이 모두 이소격중, 즉 소수의 병력으로 다수의 적병을 쳐서 이겼다. 을지문덕 장군은 수만의 병력으로 수나라 100만 대군을 격파했고 양만춘은 당나라 군사 100만을 안시성 싸움에서 막아냈다.”

“충(忠)! 통제사님을 따라 나라와 백성을 살리자!”

이순신의 열변을 들은 군사들의 사기는 충천되어 있었다. 회수한 13척의 판옥선은 배설이 10척, 전라우수사 김억추가 2척, 나머지 한 척은 발포만호 송여종이 가져온 것이다. 전라도에서 모집한 의병들은 ‘약무호남 시무국가(若無湖南 是無國家)’, 호남이 없으면 나라도 없을 것이라는 자부심 하나로 똘똘 뭉쳤다.

“아, 긍께로 전라도 곡창지대가 있응께 전쟁이라도 했지, 안 그냐? 말돌아!”

하루하루가 전쟁과 같은 나날이었다. 날은 저물고 갈 길은 멀었지만 이순신은 유비무환 정신 하나로 민관군 혼연일체의 군대를 착착 만들어갔다. 이순신은 왜군이 시시각각 가까이 다가오고 있음을 느꼈다. 그것은 바다를 아는 사람만이 가지는 육감이었다. 그 예감은 적중했다.

이순신의 항명
"광화문으로 진격하라"

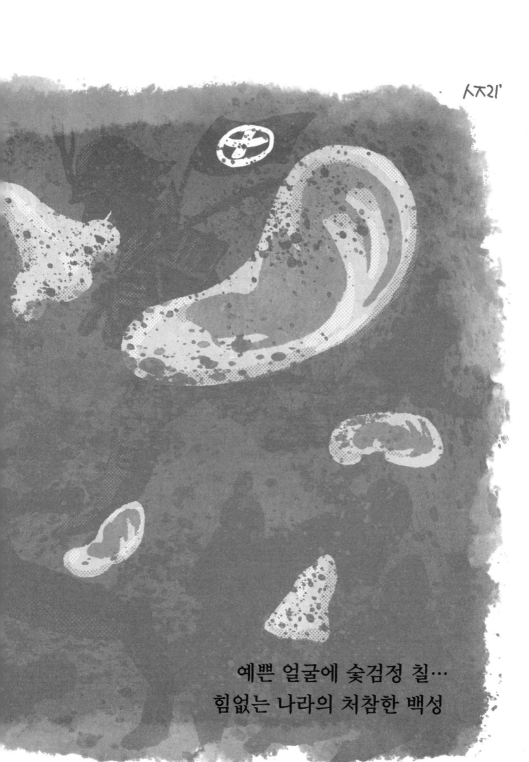

예쁜 얼굴에 숯검정 칠…
힘없는 나라의 처참한 백성

12

풍운의 전쟁포로

1597년 정유재란은 1592년 임진왜란과 성격이 달랐다. 일본은 조선 8도 점령이라는 영토 확장이 아닌 하삼도(충청, 경상, 전라도)를 점령해서 추후 명나라를 공략하는 데 발판으로 삼고자 하는 전략을 썼다.

도요토미 히데요시(豊臣秀吉)는 조선 침략의 대본영인 규슈 사가번 나고야조(名護屋城)에서 10여 만 대군을 전투부대와 특수부대로 이원화하여 출병시켰다. 3개 제대로 나누어진 전투부대는 속전속결로 남원과 전주성 등을 잇달아 함락시켰다. 구로다 나가마사(黑田長政) 부대 5000여 명은 북상해 공주, 전의, 진천으로 이동하던 중 직산(천안) 부근 소사벌에서 명나라 부총병 해생(解生)의 기병 2000여기와 마주쳐 혈전 끝에 패퇴했다.

후방에서는 특수부대가 별도의 임무를 수행하였다. 도서부, 금속부, 공예부, 포로부, 보물부, 축부로 짜여진 6개 특수부대는 조선의 인적·물적 자원을 약탈하여 일본으로 수송하는 것이 주요 임무였다. 도서부는 유교 서적을, 공예부는 자기류를 비롯한 각종 공예품을, 포로부는 학자·관리·목공· 직공·토공 등 장인(匠人)과 노동력을 가진 젊은 남녀의 납치를, 금속부는 병기·금속활자를, 보물부는 금은보화와 불상 불탑을, 축부는 소와 말·돼지 등 가축을 포획하는 일을 수행하였다.

이때 이순신은 수군 재건을 위하여 전라도 남해안을 따라 고난의 행군을 이어가고 있었다. 죽을힘을 다해 12척의 판옥선을 찾았고 군사, 군기, 군량을 조금씩 모아갔다. 남원성과 전주성이 연달아 함락되자 수많은 전쟁포로가 발생했다. 경상도는 물론 전라도는 왜군들이 거칠 것 없이 활개 치는 무인지경의 땅이 되고 말았다. 마땅히 의지할 데가 없는 백성들은 왜군들의 약탈에 어육이 되었다.

이순신은 이즈음 또 하나의 걱정으로 잠을 못이뤘다.

"해인사 팔만대장경은 어찌 됐을까. 합천에 도원수 진영이 있다고는 하나, 모두들 흩어졌을 텐데. 약탈을 당했다면? 허."

정유재란은 복수전의 성격이 강해서 왜군은 죽거나 사로잡은 군사와 백성들의 코와 귀를 베어 소금에 절여 전리품으로 교토 히데요시 거처인 취락제(聚樂第)로 보냈다. 거기서 군공을 인정받은 뒤 부근 이총(耳塚 귀무덤)에 묻혔다.

수많은 시체와 가축들이 죽어서 썩어감으로써 돌림병(전염병)이 돌았고 천연두 흉터로 얼굴에 우묵우묵 마맛자국이 생긴 사람들이 흔했다. 코나 귀가 없는 백성들도 심심찮게 볼 수 있었다. 전라도 지역에서는 왜군을 '귀와 코를 베어 가는 남자'라는 뜻으로 이비야(耳鼻爺)라고 불렀다. 이비야에서 '에비(이비)'가 나왔는데 이 말은 무서운 사람이나 물건을 가리키는 유행어가 됐다.

"에비! 그것 만지면 큰일 난당께로."

"음마, 그렇게 울며 보채면 에비가 업어간당께. 뚝! 그쳐라잉."

전쟁 포로는 피로인(被虜人)이라고 하는데 약 10만여 명으로 추산됐다. 규슈 남단 가고시마에 상륙한 포로만 해도 3만 700여 명이나 되었다. 노예의 용도로 강제로 끌려간 경우도 있었지만 왜군의 길 안내, 식량 보급 등 편의를 제공한 부역자들은 자발적으로 바다를 건너갔다.

규슈 북서쪽 사가현의 성주 나베시마 나오시게(鍋島直茂)를 따라온 조선인 180명은 도오진조(唐人町)에 모여서 살았다. 이들 가운데 한의사 이구산은 명약 개발과 비단 염색기술을 개발했다. 도공들 또한 이곳에서 제공한 도기요(陶器窯)에서 질그릇과 사기그릇을 구우며 살았다.

전쟁통에 노예 상인들은 돈벌이 수단으로 건장한 조선 사람들을 마구 잡아갔다. 규슈 안요지 주지 교낸(慶念)이 쓴 종군 일기 '조선일일기(朝鮮日 日記)'에는 당시의 참상이 적나라하게 적혀 있다. 종군승 교낸은 '적국(赤國 전라도)' 남원과 전주, 경상도 하동, 울산, 부산포 등지를 주로 다녔다.

"11월 19일 울산에는 일본에서 건너온 노예 상인들이 있었는데 이들은 본진의 뒤를 따라다니면서 남녀노소를 가리지 않고 돈을 주고 사서 줄로 목을 묶어 오리떼처럼 몰고 앞으로 가는데 잘 걷지 못하면 몽둥이로 패면서 몰아세우거나 뛰게 하였다."

규슈로 가는 길목에 있는 부산포에서는 노예 사냥꾼과 조선인 노예들이 득실거리는 노예시장이 연일 벌어졌다. 승려 교낸은 종교적 양심을 가진 자로서 조선의 참상을 애석하게 바라봤다.

"지옥의 저승사자가 죄인을 다루는 것 같구나! 낮에 길에서 돌아다니는 젊은 남자들은 무사들에게 붙잡혀서 개나 원숭이처럼 목에 줄이 걸린 채 노예 상인에게 팔려갔다. 노예는 무거운 짐을 지거나이고 소달구지에는 봉래산(蓬萊山)과 같이 짐이 가득 실렸다. 노예 상인들은 배가 정박하고 있는 부두 내부 깊숙이 들어가서 소는 바로 죽여 가죽을 벗기고 잡아먹었다."

특히 규슈에서 온 왜장과 상인들이 노예장사로 돈벌이에 열중하였는데 진중의 왜장은 조선 남녀를 한 명당 40냥에 일본 상인에게 매매하였다. 건장한 젊은 장정들과 아리따운 여인네들은 몸값을 더 쳐주어 미녀는 30냥을 더 받기도 했다.

조선 노예는 일본 농민 대신에 농사를 짓거나 다른 나라로 팔려갔다. 네덜란드 동인도회사는 일본에 서양제 화승총(火繩銃 화약 심지를 태워서 발사하는 총)을 전해주는 대가로 노예를 독점하다시피 했다. 이때 조선 노예 대부분은 동인도회사를 통해서 유럽 전역의 수도원 농장 등으로 팔려갔다.

조선인 노예는 1인당 2.4스쿠도에 팔렸다. 1스쿠도가 포르투갈 화폐단위로 쌀 두 가마 가격이었다. 이때 아프리카 흑인 노예가 1인당 170스쿠도인 것에 비하면 조선인 노예 값은 헐값으로 당시 국제 노예 가격의 폭락을 가져오기도 했다.

또 포르투갈령 마카오에서 다시 유럽으로 갔고 심지어 지중해를 통해 이탈리아 피렌체까지 간 노예도 있었다. 피렌체 출신 카를레티 신부는 일본 여행 중 단돈 1스쿠도에 조선인 노예 5명을 샀다. 이들을 인도 고아로 데리고 갔다가 4명은 그곳에서 풀어주고 한 명만 피렌체로 데리고 갔다.

그 한 명은 이탈리아 남부 시칠리아섬 맞은편 고지대 알비에 둥지를 틀었고 훗날 조선인 후예 300여 명이 모여 살았다. 한복을 입은 남자인 안토니오 코레아도 그중 한 명이었다. 조선인 납치 매매 실상을 적나라하게 밝혀주는 증언이 있다. 일본과 마카오 관할 천주교 교구의 주재 신부였던 루이스 세르꾸에이라가 1598년 9월 4일에 쓴 글이다.

"배가 들어오는 항구인 나가사키에 인접한 곳의 많은 일본인들은 포로를 사려는 포르투갈 노예 상인들에게 팔아넘기기 위해서 일본 여러 지역으로 돌아다녔다. 그뿐만 아니라 이미 잡힌 조선인들은 팔려나갔고 한편 조선인들을 포획하기 위하여 조선으로 건너갔다."

포르투갈 신부 루이스 프로이스는 그의 저서 '일본사(日本史)'에서 붙잡힌 한국 여인을 다음과 같이 기술했다.

"요새에는 대략 300여 개의 방이 있다. 일본 병사들로부터 겁탈을 피하기 위해 귀족 여인들 중 몇몇은 주전자와 냄비 밑에 붙어있는 숯검정으로 얼굴에 먹칠을 해서 자신들의 아름다움을 감추었다. 또 일부는 그들이 포위당했을 때 높은 하늘을 향해 고통스럽게 울부짖고 고래고래 소리를 질렀다. 귀족들의 자녀들은 모친의 교육에 따라 절름발이 행세를 하거나 입이 돌아간 척했는데 마치 불구자인양 위장하기 위해서였다."

또한 조선 여인들은 남장(男裝)을 하거나 노파로 위장하여 자신들의 정절과 자식을 보호하기 위해 눈물겨운 노력을 했다는 사실도 기록해 놓았다. 전쟁으로 인해 조선 여인의 수난사는 이어졌다. 왜군은 물론 원군(援軍)이랍시고 거들먹거리는 명군들 또한 조선 여인들을 가만두지 않았다. 아! 전쟁의 참상이여, 고통이여. 백성을 지켜주지 못하는 임금을 가진 힘없는 나라의 백성들은 이리저리 처참한 고초를 겪었다.

왜군에게 잡혀갔다 가까스로 돌아온 조선 선비 강항은 '간양록'에서 다음과 같이 증언했다.

"전라도에는 전선 600~700척이 수십 리에 걸쳐 가득 차 있었고 그 배에는 조선 남녀와 왜병이 반반씩 섞여 있었다. 배마다 조선 포로들의 통곡과 절규의 소리는 바다와 산을 진동시켰다."

1597년 형조좌랑(정6품)인 강항은 휴가를 얻어 고향인 영광에 내려와 있다가 정유재란을 맞았다. 그는 참판 이광정 밑에 배속되어 남원 일대에서 군량 운반을 관리했다. 그러다 남원성이 함락되자 다시 영광으로 돌아와 격문을 띄워 의병 수백 명을 모았지만, 왜군의 막강한 기세 앞에 의병은 곧 흩어졌다. 강항은 집안 식솔들을 배에 태워 명량대첩을 이룬 이순신을 찾아 바다로 나갔다가 9일 만에 왜군에 사로잡히고 말았다.

"허억! 이게 뭐란 말인가. 이순신 장군님을 뵙지도 못하고 끌려가다니, 통탄할 일이로구나."

강항 일행이 규슈로 가는 도중에 앞서거니 뒤서거니 하던 배들 가운데 풍랑을 만나 배가 뒤집혀 물에 빠져 죽은 사람들이 부지기수였다. 강항의 여덟 살 난 어린 조카가 구토와 설사를 심하게 하며 울부짖자 왜군 한 명이 바다에 던져 버렸다.

"어므이!"

아이는 단말마 같은 외마디 비명을 지른 채 물속에서 허우적거리다 이내 가라앉았다.

"오호 통재라! 하늘은 왜 백성의 원망(怨望)을 굽어살피지 못하는고. 지독한 비극이로다."

강항은 실의에 빠져 눈물마저 말라 꺼억꺼억 댔다. 배의 돛대 끝에 매달린 까치 두 마리가 까까까 울어댔다. 그 소리에 남녀 포로들은 점점 멀어져 가는 고국산천을 바라보며 하나둘씩 아아앙! 울음을 터트렸다. 사가현 사람들은 난생처음 본 까치를 고려새라고 했다가 나중에 까치 가라스라고 불렀다. 가라스는 일본어로 까마귀다.

일본 본토 서쪽 오사카(大阪)까지 끌려간 강항은 이듬해인 1598년 6월 교토 히데요시가 머물고 있는 후시미성(伏見城)으로 이송되었다. 포로 가운데 학자나 도공 등 공예가들은 다이묘(大名 성주)로부터 관작과 녹봉, 토지를 받아 비교적 순탄한 생활을 했다. 강항은 승려 후지와라 세이가(藤原惺窩)에게 유학을 가르쳐주었는데 그는 승려를 포기하고 유학자로 변신해 훗날 일본 주자학의 시조가 되었다.

"아! 안타까워라, 중국이나 조선에서 태어나지 못했음이여! 내가 신묘년(1591) 3월에 배를 타고 중국으로 가려했더니 병에 걸려 돌아와야 했고, 병이 좀 나으면 조선으로 가려했는데 연이어 전쟁이 터져 감히 바다를 건너가지 못했습니다. 귀국(조선)을 구경하지 못하는 것도 아마 운명인가 봅니다."

후지와라는 강항을 처음 만났을 때 이렇게 유학에 대한 집념과 열정을 보였다. 1598년 8월 18일 도요토미 히데요시가 갑자기 죽었다. 그럼으로써 동북아 정세가 급변했다. 지긋지긋한 정유재란도 끝나갔다. 강항은 후지와라의 도움으로 배를 구해 1600년 4월 남은 식솔들과 함께 귀국길에 올랐다.

"강항 선생, 유학을 더 배우고 싶었는데 이렇게 헤어지게 되어 아쉽습니다. 다음 생에도 좋은 인연이 되었으면 합니다."

"후지와라 선생! 전쟁이란 늘 이웃과 사람을 갈라놓는 비극인가 봅니다. 그동안 물심양면의 도움 감사했습니다. 또 살아서 만나기를 기원합니다. 우리 가족을 살려주어서 고맙습니다. 이 은혜를 어떻게 갚아드려야 할지…."

전쟁으로 두 사람은 뜻하지 않게 만나 사제지간의 정을 돈독하게 쌓았다.

'전쟁을 일으켜 자국 국민에게 심대한 고통을 주고 수많은 병사들을 출병시켜 타국에서 죽인 히데요시가 잘못이지, 대개의 선량한 백성이야 무슨 죄가 있으랴. 항상 어느 나라고 지도자를 잘못 만나면 백성들의 고초가 따르는 법이다. 으음.'

강항은 배를 타고 돌아오면서 내내 이 생각을 머릿속에서 지울 수 없었다.

1600년 5월 식솔 10명과 다른 선비들, 그리고 뱃사공 등 38명과 함께 고향으로 돌아왔다. 강항은 이순신의 근황을 까마득히 모른 채 '먼저 이순신 장군을 찾아봐야겠다'는 생각에 가슴이 설렜다. 막 이순신을 찾아 나서려는데 선전관이 들이닥쳐 급히 한성으로 불려 올라갔다. 왕의 처소에 도착하자마자 편전에서 임금과 술상 앞에서 독대했다. 강항은 왕이 궁금해하는 일본 정세에 대해 가감없이 아뢰었다.

"왜인들의 성질은 신기한 것을 좋아하고 멀리 떨어진 외국과 통상하는 것을 훌륭한 일로 여깁니다. 교토에서는 남만(南蠻 오키나와, 필리핀, 태국) 사신이 왔다고 왁자하게 전하는 소리를 거의 날마다 들을 수 있으니 나라 안이 떠들썩한 이야깃거리로 잠잠해질 날이 없습니다. 천축(天竺 인도) 같은 나라도 매우 멀지만 왜인들의 내왕이 끊임이 없습니다."

"흠, 글자도 모르는 왜인들이 그렇게 외국과 빈번하게 교류를 한단 말이냐?"

"그렇사옵니다. 우리 조선도 이제부터라도 일본과 교류를 터서 많은 이익을 챙겨야 할 것이옵니다. 도공 문제만 해도 그렇습니다. 우리는 도공을 천민으로 대하나 그들은 조선 도공의 기술을 높이 사서 대우를 잘해주고 있습니다. 또 도자기를 수출해서 막대한 부를 쌓고 있습니다. 그게 다 조선 기술자의 덕이 아닙니까."

"허허. 왜국에 잡혀갔다 오더니 친일, 아니 왜구가 된 것이냐? 어찌 오랑캐를 그렇게 두둔하느냐 말이다. 츠츳. 술이나 한잔 마셔라. 그대는 관직을 받고 조선을 위해 열심히 일하라."

"전하, 사양하겠사옵니다. 저는 향리로 내려가서 후학들을 지도할 것입니다."

왜인을 오랑캐 왜구쯤으로 치부하던 왕 앞에서 강항은 간언(諫言 임금에 대한 충고)마저 서슴지 않았다.

"전하께서는 장수 하나를 내실 때에도 신중히 생각하셔서 문관이든 무관이든 국한하지 마시고, 품계와 격식으로 예를 삼지도 마시고, 고루한 신의와 사소한 덕행도 묻지 마시고, 이름난 가문을 택하지도 마소서."

이 말은 왕의 인재 등용에서 동인이니 서인이니, 남인이니 북인이니 하는 당파에 휩쓸리지 말고 능력과 사람 됨됨이를 잘 헤아리라는 충고였다. 이런 배포는 죽음의 고비를 넘긴 자만이 가질 수 있는 담대한 용기에서 비롯된 것이었다.

강항은 억류 중에도 일본의 다양한 사정과 국방정책 등을 기록해서 비밀리에 조정에 문서를 보냈다. 주로 조선으로 귀환하는 포로나 사신 등을 이용했다. 그러나 그 어렵사리 보낸 문서 등이 조국에서 읽히지 않고 한쪽 구석에 처박힌다면 소용없는 일이 될 터다. 사대부의 나라인 조선이 그랬다.

강항은 귀국 후 '적국에서 올린 상소', '내가 듣고 본 적국 일본' 등의 기록을 남겼다. 백문이 불여일견이다. 매사 앉아서 백 번 듣는 것보다 실체적 현장 체험을 한 사람의 말이 더욱 유효하리라는 것은 진리다.

포로가 된 그의 신세는 '외로운 양치기(看羊)'나 다를 바 없었다. 그의 저서 '간양록'에는 이억만리 타향에서 망향의 한을 담은 애절한 시조 한 편이 남아있다.

'이국땅 삼경이면 밤마다 찬서리고/ 어버이 한숨 쉬는 새벽달일세/ 마음은 바람 따라 고향으로 가는데/ 선영 뒷산의 잡초는 누가 뜯으리/ 피눈물로 한 줄 한 줄 간양록을 적으니/ 님 그린 뜻 바다 되어 하늘에 달을 세라.'

전쟁으로 뜻하지 않은 세상을 구경한 강항과 같은 사람들이 많았다. 그러나 기록을 남긴 사람은 거의 없었다.

제 나라 기술력도 모르니…
자강은커녕 연명이나 할까

13

일본에서 꽃피운 도공

임진·정유재란 7년 전쟁으로 잡혀간 피로인(被虜人)은 대략 10만 명쯤 되는데 대부분이 규슈 지방에 퍼졌다. 포로 중에서 옹기장이 도공(陶工)들은 특급 대우를 받았다. 당시 막부와 일본 66개국 다이묘(大名 지방영주) 등 상류층에서 다도(茶道)가 성행하고 있었다. 전국시대 장수쯤 되면 차 마시는 법을 교양으로 삼았다. 1585년 도요토미 히데요시(豐臣秀吉)가 천황에게 다회를 열었을 때 대동한 다두(茶頭) 센노리큐(千利休)가 다완에 와비차를 담아 천황에게 올렸다. 히데요시는 때때로 휘하 다이묘들에게 신임의 징표로 조선의 사발을 하사했다. 이 사발을 받은 다이묘들은 감읍하며 가문의 영광으로 삼았다.

조선의 민가나 선술집에서 흔히 볼 수 있는 막사발이 일본에서는 이도다완(井戶茶碗)이라 불리며 막부와 다이묘들 사이에서 최상의 대접을 받고 있었다. 이도다완 한 개가 1국(國) 또는 1성(城)과도 맞바꿀 정도의 국보가 됐다.

'어찌 조선의 막사발이 일본의 국보가 될 수 있다는 말인가.'

조선과 일본, 두 나라는 비단 도공뿐 아니라 장인(匠人)에 대한 인식이 전혀 달랐다. 포로였던 조선 선비 강항은 일본사람들의 이런 의식이 도무지 이해가 되지 않았다.

 "허허, 도공이라야 기껏 조선에서는 천민계급일 뿐인데, 이곳 사람들은 도공이 만든 기물(器物 그릇)을 귀하게 여기다니 참 이상스러운 족속이로군."

 강항은 일본의 문물을 점차 알아가면서 꼭꼭 문을 걸어 잠근 조선의 쇄국정책에 의문을 품기 시작했다.

 "이 기물들이 나가사키 항을 통해서 날개 돋친 듯 유럽으로 팔려나간다니? 일본은 꽤 많은 돈을 벌고 있다고 하는데, 왜 우리는 이런 기술을 천대했을까?"

 강항은 해외 사정에 점차 눈을 떠가고 있었다.

 일본은 그때까지 목기나 토기를 주로 사용하고 있었다. 저급한 도기도 상류계층에서나 찾아볼 수 있었다. 전쟁 전부터 부산의 왜관을 통해 일본에 유입된 그릇들은 일품으로 평가됐다. 1597년 정유재란 때 조선에 출병한 다이묘들은 상륙하자마자 먼저 옹기장이를 찾아 나섰다. 아! 그런데 일본에서는 천금을 내도 구하기 어려운 사발이 민가와 선술집 부엌에서 아무렇게나 굴러다니고 있는 것이 아닌가. 이 희한한 광경을 본 다이묘들은 쩍 벌어진 입을 다물지 못했다.

 "아니? 저, 저, 귀중한 보물이 막걸리잔이나 개 밥그릇으로 쓰인단 말인가. 허허."

 "본토에서 이도다완 한 개가 성 한 채 가격이 아니던가. 그런데 이 나라는 온통 막사발로 쓰고 있으니 참으로 기가 찰 노릇이군. 흠."

 국보급 보물이 지천으로 깔린 나라, 그들에게 조선은 이상한 나라가 아닐 수 없었다. 또 도공들이 사기그릇을 능숙하게 빚어내는 솜씨를 본 다이묘들은 경악했다.

"아! 멋을 부리지 않은 소박함과 담백함이 오히려 미완의 일품으로 손색이 없구나."

"그렇습니다. 나베시마님, 명나라 것은 너무 섬세하고 화려해서 정신이 혼란한데, 조선의 것은 확실히 다릅니다요. 백치미(白痴美)가 있다고 해야 하나…."

일본의 다도인들은 센노리큐의 선과 차가 공존하는 다선일미(茶禪一味)의 정신을 흠모하고 있었다. 적적하고 고요함 가운데 예를 갖춰 차를 마시는 행위는 온갖 번뇌를 지우며 무아지경으로 이끄는 선의 정신과 일맥상통한다고 믿었다.

관백 히데요시는 나가사키 항을 통해 수입된 명나라 황금 다구를 썼는데, 어느 날 조선의 사발을 요모조모 뜯어보며 완상하다가 감탄을 금치 못했다.

"앗! 바로 이거다. 내가 그토록 찾던 것이란 말이다. 여백의 미(美)! 으하하. 으하하하."

꾸미지 않은 순백한 조선 사발은 그의 마음을 사로잡은 안성맞춤이었다. 히데요시는 출병하는 다이묘들에게 주인장(朱印狀 명령서)을 주어서 조선 도공을 잡아 올 것을 명령했다.

나이토 슌스케(內藤雋輔)의 '임진왜란 조선 포로연구'에서 도공들만 계산해보면 아리타야키의 나베시마 나오시게(鍋島直茂)가 500여 명을 데려간 것으로 기록되었고, 히라토야키의 마쓰우라 나카노부(松浦鎭信)가 200여 명, 사쓰마야키의 시마즈 요시히로(島津義弘)가 200여 명 이상을 확보한 것으로 나온다. 다기(茶器)의 대부분을 명나라와 일부는 조선으로부터 수입했기 때문에 이를 충당하기 위해 포로로 잡은 도공들에게 도자기를 제작하도록 했다.

규슈 남단 사쓰마(가고시마) 번주 시마즈 요시히로에게 끌려간 박평의, 김해, 심당길(심수관의 조상) 등에 의해서 사쓰마야키(薩摩燒)가 구워지기 시작했다. 살아 숨을 쉰다는 명품 하기야키(萩燒) 역시 이작광, 이경 등에 의해 개발되었다. 다카도리야키(高取燒)는 도공 얏산가(八山家)의 사람들에 의해 처음 가마가 열렸다.

정유재란이 끝날 무렵 히데요시의 일급 참모인 이시다 미쓰나리(石田三成)가 다테 마사무네(伊達正宗)에게 보낸 편지에는 경상도 사천 지방에서 잡은 포로의 수가 3만 5000여 명이라고 기록되어 있다. 이 사천 지방이 바로 진주목에 속한 관요(官窯)가 있던 곳으로 시마즈가 이 지역 도공들을 싹 쓸어갔다.

기술이 있는 도공들은 각 번의 다이묘 휘하에서 도자기를 굽는 일에 종사했다. 사기장이들은 일본 번주들이 집과 녹봉을 주고 가마를 세우게 하는데 오히려 놀랐다. 고국을 그리는 마음은 그지없으나 도공의 값어치를 알아주는 번주들의 배려에 의지하려는 심정도 없지 않았다. 고국에 돌아가면 부역(附逆)을 했다 하여 어떤 화를 입게 될지 알 수 없는 일이기도 했다. 그래서 아예 눌러앉기로 한 도공들이 적지 않았다.

이삼평은 나베시마가 귀환할 때 휴행(携行)하여 귀화시킨 경우다. 휴행은 강제가 아닌 함께 갔다는 뜻이다. 다음은 다쿠가(多久家)의 고문서에 나오는 이삼평에 관한 기록이다.

"나베시마 군대가 산중에서 길을 잃었을 때 먼 곳에 집 한 채가 있

는 것을 발견하고 그 집의 스물대여섯 살 된 남자(이삼평)에게 길을
안내할 것을 명령했다. 이때부터 안내역이 되어 군량미 징발에서 우
차(牛車) 동원에 이르기까지 아군에게 편의를 제공했다. 만약 그에게
많은 재물로 포상하고 조선에 두고 오면 일본군에 원조한 자로서 어
떤 위해가 가해질지 모르는 처지였다."

전쟁통에 조국을 배반하면서까지 왜군에게 동조했던 조선인들이
많았다. 부역자로 낙인찍혀 몰매를 맞을 일이지만 가족을 먹여 살려
야 하는 가장(家長)의 절박함에서 비롯된 일이기도 했다.

그중에서도 나베시마가 영주로 있는 사가번의 당진(唐津)지방이
도자기 생산지로 이름을 떨쳤다. 이 고장 마을의 우두머리가 이삼평
이었다. 그는 사가번의 막료인 다쿠 야스아리(多久安順)에게 붙잡혀
왜군의 길잡이 노릇을 하다 정유년 동네 사람들과 함께 일본으로 건
너갔다. 번주는 이삼평에게 가나가와 삼베에(金江三兵衛)라는 무사
의 이름을 내렸고, 녹미(祿米)를 주었다.

이삼평은 처음 사가번성 근처에 살면서 도기를 구웠는데 조선백자
와 같은 자기를 만들려고 사방을 답사하다가 아리타시(有田市) 히젠
이마리성 근처의 산에서 조선의 것과 비슷한 양질의 토양을 발견했
다. 백자광(白磁鑛)이었다. 태토(胎土 바탕흙)가 맞지 않으면 백자를
만들 수 없었다. 18명의 도공 가족들을 데리고 유전천 부근 골짜기에
가옥과 가마를 세웠다. 이삼평의 가마에서 백자와 청화백자를 만들
었는데 도오진야키(唐津燒)라 하여 크게 명성을 떨치게 되었다. 나베
시마의 막료인 다쿠 야스아리는 이삼평의 가마를 자주 방문하여 번
주의 치하하는 말을 전했다. 그 자신도 다도에 심취하여 다기를 수집

하는데 열을 올렸다.

"그럴싸하게 보이려고 꾸미지 않는 것이 마음에 드는군. 번주께서도 당신이 만든 그릇을 조석으로 애용하고 있소. 도쿄(江戶)와 오사카(大阪) 지방에서 주문이 쇄도하고 있으니, 당신은 우리 번의 보배요. 식량과 피복은 필요한 대로 요청하시오."

다쿠는 갓 구운 그릇을 보면서 입에 침이 마르도록 칭찬을 했다. 이때 이삼평은 다음과 같은 건의를 했다.

"규슈 일대의 일본인 도공들이 우리의 그릇을 모방하려고 수도 없이 가마를 세우고 있습니다. 이대로 가면 옥석(玉石)이 혼동되어 평판이 떨어질까 염려됩니다."

이삼평은 일본 가마들이 몰려들면 과잉생산이 되고 원료인 백토가 부족해질 것이라는 걱정을 한 것이다. 번주는 특명을 내려 백 개가 넘던 일본인의 가마를 십여 개로 정리했다.

이삼평이 단단하고 광택이 나는 자기를 만들기 시작하자 번주 나베시마는 크게 기뻐하고 상을 내렸다. 당시 일본의 번은 제각기 특산물 생산을 부추겨 재정을 윤택하게 하려고 경쟁을 벌였다. 이 같은 번주의 필요를 충족시키는데 조선 도공들은 안성맞춤인 존재였다.

우수한 도자기는 전국과 해외에 팔리고 그만큼 재정에 보탬이 되었기 때문이었다. 이삼평 가마에서 구운 그릇들이 각지에 비싼 값으로 팔리게 되자 번주는 그에게 후한 대우를 하면서 마음대로 가마를 일으켜도 좋다는 허가를 내렸다.

이삼평은 매일 고국이 있는 북쪽을 향해서 절을 하고는 규슈 지방에 흩어져 사는 조선 도공들을 찾아다니며 설득했다.

"망향(望鄕)의 심정이야 너나없이 한결같지만 이곳에서 성공하는 것도 허무한 일은 아닐 것이오. 될수록 많은 사람이 함께 의지하고 사는 것이 좋지 않겠소?"

"그렇습니다. 모두들 외로운 처지이니 조선인끼리 모여 사는 것도 좋을 것 같습니다."

김해에서 온 도공 김태도가 답했다. 낯선 타국에서 만난 조선인들은 서로 의지처를 찾고 싶은 마음이 굴뚝 같았을 것이다. 이후 김태도가 사망하자 그 부인 백파선이 나서 여성 도공이 되었다. 백파선은 골짜기에 가마들을 세웠고 수하의 도공들만 150명에 이르렀을 정도로 번창했다.

이삼평의 도오진야키 못잖게 사쓰마번의 사쓰마야키도 유명했다. 번주 시마즈 요시히로는 수군 장수로 이순신의 수군에게 노량해전에서 대패하고 겨우 목숨을 건진 사람이었다. 일본 사쓰마번사에 따르면 구시키노의 시마비라하마에 박평의와 그 아들 정용을 비롯한 43명의 남녀가 도착했고, 그 아래 가미노가와 하구에 김해를 비롯한 남녀 10명, 그리고 규슈의 남단 가고시마에 남녀 20명이 도착한 것으로 기록되어 있다.

사쓰마번에서 대표적인 사람이 정유재란 때 남원에서 끌려간 심당길이었다. 심수관가(沈壽官家)를 개창한 심당길은 청송 심씨로 남원 근교에서 박평의와 함께 피랍되었다. 심당길과 박평의가 백토를 발견하자 사쓰마 번주는 이들에게 사무라이급(士班)의 예우를 하였으며, 이들이 구워낸 도자기에 사쓰마의 번명을 붙여 사쓰마야키라고 이름지었다.

1604년 7월 사명당 유정이 포로 송환을 목적으로 도쿠가와 이에 야스(德川家康) 막부에 파견되었다. 사명당은 전란 중 이미 네 차례에 걸쳐 울산성에 웅거한 가토 기요마사(加籐淸正) 등과 강화 협상을 벌인 경험이 있어 조정에서는 그에게 회답 겸 쇄환사라는 직함을 주고 이에야스를 만나게 했다. 이에야스는 임진·정유 전쟁의 잘못을 인정하고 납치된 조선인을 데리고 가도록 허락했다.

"대사! 나는 조선공략에 찬동하지 않았고 출병하지도 않았소. 그 뒤 히데요시를 따르는 번주들을 굴복시키고 히데요시의 아들을 멸하여 일본 전국을 평정하였소. 여러 번주들이 붙잡아온 조선인들은 내가 알 바 아니오. 그러니 그들의 의사를 물어서 자유롭게 데려가시오."

귀국을 희망하는 일반 포로들과는 달리 대부분의 도공들은 귀국을 거절했다.

"대사님! 이곳에서 우리 같은 천민 도공을 대하는 태도는 조선과 비교해서 하늘과 땅 차이입니다."

"암요, 조선에서는 사람 취급도 못 받으며 피땀 흘려 만든 도자기를 강탈당하다시피 했지만 여기서는 후하게 대접을 해주니, 어찌 돌아갈 마음이 있겠습니까."

도공들은 입을 모아 이구동성으로 말했다. 기술을 천시하는 사농공상의 위계질서가 엄한 조선의 성리학적 교조주의 유교관은 이렇게 도공들이 가지고 있는 귀중한 재주를 알아보지 못했다. 아니 무시했다. 조선의 왕과 고관대작 및 유학자들은 국가 자살행위의 방조자나 다름없었다. 결과적으로 적국을 이롭게 했으니 여적죄(與敵罪)를 물을 수 있는 자들이었다.

'자기 나라의 뛰어난 기술을 알아보지 못하는 청맹과니들이 득시글거리는 조선은 자강은 고사하고 과연 연명이라도 제대로 해나갈 수 있을까. 으음.'

끌려갔든 자발적으로 갔든 간에 도공들의 인식은 대체로 이러했다. 도공들은 일본에서 자신들이 만든 도자기가 다른 나라로 팔려간다는 것에 한껏 자긍심을 느꼈다. 또 백파선 같은 여성 도공을 인정하는 사회 분위기에도 놀랐다.

이즈음 명나라는 국력이 쇠퇴해져 관요인 경덕진을 폐쇄하자 청화자기의 생산이 끊겼다. 이 틈에 일본의 세련된 도자기가 유럽 각지로 팔려나가 애호가들의 사랑을 독차지하면서 막대한 부를 창출했다. 물론 조선 도공의 기술이 기초가 되어 일본의 세밀한 채색기술이 입혀진 것들이었다.

"저렇게 일본 도자기가 날개 돋친 듯 팔려나가는 것을 보면, 자긍심이 들기도 하지만 한편 씁쓸해지기도 한다네. 음."

"왜 조국을 배신한 거 같아서? 이봐 정신 차려! 조선이 우리 조국인 것은 맞아. 허나 우리에게 무엇을 해주었단 말인가. 쪽정이 대접받은 것 외에 없잖은가. 도자기라도 잘 구워내면 관아나 양반 나부랭이들이 다 빼앗가고…, 난 그런 조국 벌써 잊었네."

"그래도 수구초심이란 말이 있잖은가? 여우도 죽을 때 고향으로 머리를 둔다는 데 어찌 사람이…."

"그리도 못 잊을 조국이라면 어서 가게나. 사명대사 왔을 때 돌아가지 그랬나. 흠."

"아, 이곳 사람들은 외국과 문물교류를 거부감 없이 하면서 배울 건

배우고 하잖나? 우리들의 실용적인 기술도 알아주고 말야."

"맞아! 이들은 포르투갈 상인에게서 구입한 화승총을 더 개발해서 성능을 높였다지? 흠."

"대량생산까지 한다네. 조총에 쓸 나사못 기술을 배우기 위해서 자기 여식을 외국 상인에게 주었다지?"

"전쟁 초기 무뎃뽀로 대항한 조선군은 수도 없이 죽어 나가지 않았나?"

당시 조선은 일본의 뎃뽀(鐵砲 철포)를 '새를 잡는 총'이라는 뜻으로 조총(鳥銃)이라고 비하했다.

"이순신 장군님이 조총보다 더 좋은 정철총통이라는 걸 만들었잖아."

"만들면 뭐하나. 임금이 던져버렸는데. 흠."

"난 탐관오리놈들이 내 도자기 빼앗아 가려고 하길래, 땅바닥에 던져 깨뜨려버렸지. 하하."

조국에서 버린 이삼평, 심당길, 박평의, 김해, 백파선 같은 조선 도공들의 기술이 다른 나라에서 활짝 꽃을 피웠다는 건 기적이었다. 기술을 알아보는 사람과 모른 채 눈을 감는 사람과의 차이는 하늘과 땅만큼 컸다.

이순신의 항명
"광화문으로 진격하라"

14

왕이 버린 민초의 분노

이순신은 장흥 회령포에서 수습한 판옥선 13척의 모습이 몹시 대견스러웠다. 소나무와 전나무로 만들어진 중후장대한 판옥선은 삼나무 재질의 왜 군선에 비해 튼튼해서 서로 부딪치면 왜선은 여지없이 깨졌다. 게다가 평저선으로 방향을 바꾸는 데 편했다. 좌우 난간에 총통을 거치하고 번갈아 돌아가면서 쏠 수 있는 장점이 있는 게 판옥선이었다.

"휴우, 그런대로 하나씩 갖춰지는 것인가."

이마의 구슬땀을 닦으며 고개를 쳐드니 바다 건너 홍양(고흥) 땅이 운무에 가려 희미하게 보였다. 1580년 서른여섯 살 이순신은 홍양 발포만호(종4품)로 근무 중 병조정랑 서익의 무고(無告)로 파직된 바 있었다. 그 몇 해 전 이순신이 훈련원에서 근무할 때 서익은 자신의 지인을 승진시키기 위해서 부하인 이순신에게 인사서류를 작성할 것을 지시했다. 그러나 이순신은 사사로운 관계로 인사를 하면 다른 사람이 피해를 받는다며 거절했다. 이에 화가 난 서익은 이순신에게 앙심을 품었다.

그때 사람들은 말했다.

"이순신은 자신의 앞날을 전혀 생각하지 않는 모양이로군. 병조정랑이면 인사권을 가진 막강한 자리인데 아부를 해도 모자랄 판인데 말야. 허허."

이런 악연을 가진 서익이 이순신이 발포만호로 근무하는 곳에 군기검열관 자격으로 찾아왔다.

"허허, 이보게. 창과 칼이 이게 뭔가. 모두 녹이 슬었잖아. 또 이런 활로 전투를 할 수 있겠어? 관리부실! 파직!"

서익은 이순신에 대한 과거의 원한을 이렇게 앙갚음했다. 진상은 녹슨 병기는 버리려고 따로 모아둔 것이었다. 그러나 서익은 이것을 트집 잡아 파직시킨 것이다. 사실과 다르게 판정을 한 것으로 명백한 무고(誣告)였다. 1582년 1월 발포만호에서 파직되어 훈련원 봉사로 돌아온 이순신에게 만회할 기회가 있었다.

이조판서인 율곡 이이가 류성룡을 통해 같은 덕수 이씨인 이순신을 만나기를 청했다. 그러나 이순신은 "같은 성씨라 만날 수 있겠지만 인사권 가진 이조판서를 만날 수 없습니다"라고 거절했다. 먼 친척인 이이를 만나서 억울함을 토로할 만도 했지만 이순신은 이렇게 물리쳤다.

"어허, 여해! 이런 답답한 인사 같으니라구, 좋은 기회를 왜 물리치는가?" 류성룡은 아쉬운 마음에 혀를 끌끌 찼다.

이순신에게 흥양하면 무덤까지 가져가야 할 관비(官婢 여자 종)와의 연분홍빛 인연도 있는 곳이었다. 흥양은 경치가 빼어나서 예로부터 신선들이 사는 땅이라고 불렸다. 몇 해 전 어느 따사로운 봄날이었다. 비가 온 뒤라 좌우의 산과 들에 꽃이 만발했고 들의 방초가 푸르게 펼쳐져 있었다. 순천부사(권준)와 함께 관비 개(介)의 거문고 소리를 들으며 술을 마셨다. 땅거미가 지고 사방이 어둑할 즈음 봄꽃에 취하고 술에 취해 잠시 정신을 잃은 이순신의 가슴에 누군가 살포시 안겼다.

"장군님, 오늘 수발을 들 개라 하옵니다."

"……."

이순신은 꿈결에서 지나간 연모의 정을 떠올렸다.

'젊은 날의 화용신(花容身 꽃 같은 여자의 얼굴과 몸)도 늙고 나면 부질없어질 테지. 그나저나 개는 이 난리통에 어디서 무엇을 하고 있을까. 으음.'

좀 더 오랫동안 나른한 추억에 잠기고 싶었지만 세상은 이순신을 가만두지 않았다.

"장군님, 떠날 준비를 모두 마쳤습니다요."

"음, 벌써 그렇게 됐는가."

이순신은 지난날 추억을 상기하고는 멋쩍은 미소를 슬며시 흘렸다.

"자, 출발이다."

회령포 앞 포구가 매우 좁아서 완도를 가로질러 해남 이진으로 방향을 잡았다. 전라우수영으로 가는 길목이었다. 대개의 군사들은 조방장 배흥립의 지휘 아래 판옥선에서 각종 총통의 방포와 활쏘기 연습을 하고 있었다. 영차! 영차! 노를 처음 잡아보는 노꾼들은 바람과 조류의 적응훈련에 비지땀을 흘렸다. 판옥선 대형은 일렁이는 물결 위에서 춤을 추며 드디어 이진 포구에 도착했다.

땅끝 이진은 두륜산, 달마산, 천태산으로 둘러싸인 아담한 포구였다. 예로부터 제주도와 물자를 교류하던 곳으로 군사와 교통의 요지였다. 포구에 닻을 내렸을 때 이순신은 지병인 곽란(癨亂 급성위장병)이 갑자기 발작하여 몸을 주체하지 못했다.

"어, 어, 왜 이러지."

차디찬 바닷바람에 시달려 몸에 탈이 난 것 같아 독한 소주를 많이 마셨다. 그랬더니 금세 열이 오르면서 인사불성이 되고 말았다. 병세가 심해져 급히 배에서 내려 포구 바깥 민가에서 잤다. 주인이 군불을 지핀 뜨거운 구들에 몸을 지지니 땀이 비 오듯 쏟아져 속옷을 갈아입었다. 이틀 밤 꼬박 구들장 신세를 지며 끙끙 앓았다. 방귀도 나오지 않았을 정도로 속이 더부룩했다.

군사들은 삼삼오오 모여서 돌이 삐죽삐죽 튀어나온 이진성 담장에 기대어 햇볕을 쬐고 있었다. 그때 일단의 피난민들이 까마귀 떼처럼 모여들어 왁자지껄 떠들어 댔다.

"이 무슨 소란이냐."

"네, 백여 명은 족히 되는 피난민들이 장군님을 뵙고 싶다고 합니다요."

"그래? 들여보내라."

땟국물이 줄줄 흐르는 남루한 차림의 노인 남녀 아이들은 상거지 몰골이었다. 등짐, 봇짐을 지고 인 피난민들은 오합지졸같이 무질서하고 시끄러웠다. 콧물을 찔찔 흘리던 아이들은 배가 고프다며 칭얼댔다.

"그래 어디서들 왔느냐."

"에, 저희는 쩌기 강진땅에서 왔습니다요. 장군님을 따라가면 살 수 있다기에…. 요로코롬 발이 부르트도록 달려와부렀습니다요."

"먼저 저들에게 먹을 것을 줘라."

며칠을 굶었는지 어른 애 할 것 없이 시래기죽을 물 마시듯 후룩후룩 들이켰다.

"미천한 저희를 이렇게 거두어 주시니 감사하구만요. 근디 이제 장군님을 따라가도 되것지요." 중늙은이가 물었다.

"아니다. 지금은 훈련 중이다. 일단 이곳 피난민 집에서 기다리면 나중에 부를 것이다. 앞으로 둔전(屯田 군영의 땅)에서 일하면 굶지는 않을 것이다."

"아 에, 저희들은 농사라믄 이골이 나있는지라. 맡겨만 주시요잉."

몸이 천근만근 무거웠지만 이순신은 피난민들이 주고받는 이야기에 귀를 기울이고 있었다. 대개 탐관오리인 향리(鄕吏 세습 아전)들의 토색질에 관한 불평불만이었다.

"아, 거 머시기냐, 향리 고놈들은 딱 굶주린 늑대새끼랑께로."

"그래 무슨 일이 있었던 것이냐."

"글씨, 거 뭐시냐하믄요, 우리 동네 사람 하나가 자기 집 매화나무를 도끼로 다 찍어부렀당께로요."

이야기인즉슨 자기 집 마당 매화나무에 매실이 열리자, 벼슬아치가 토색질을 멋대로 해댔는데, 수량을 갑절로 늘려서 거두어들이고, 걸핏하면 매질을 해대니 아낙은 원망하면서 낮에 지키고 어린것은 울면서 밤에 지켰다. 이것이 다 매화 탓이거니 하고 근심거리 매화를 파버렸다는 것이다.

"음마, 음마, 음마, 도독놈 새끼들!"

동네 촌로 몇몇이 거들며 입을 맞췄다.

"새로 짜낸 무명이 눈결같이 고왔는데/ 이방 줄 돈이라고 황두(하급관리)가 뺏어가고/ 장부에 없는 세금 독촉 성화같이 급한데/ 이유인즉슨 세곡선이 곧 한양으로 떠날 것이라 하네. 음."

글 줄이나 읽을 줄 아는 촌노가 탐관오리의 토색질을 구성지게 읊었다.

"허허. 내용은 씁쓸한데 읽는 기교만은 절창이구료. 노인장."

이순신은 가벼운 미소를 지었다.

"장군님, 지가 쩌그 바다 건너 진도 출신 아닙니까요. 해서 노래나 시조 쪼까 합니다요. 하하."

백성들은 입에 거품을 물면서 향리들의 횡포에 원성을 높였다.

"입은 삐뚤어져도 말은 바로 하랬다고, 지금 왜놈과 때놈이 강토를 짓밟는디, 그게 누구 잘못이여, 왕이나 대신 나부랭이들 잘못도 솔찬히 있을 것이고만요."

"……."

이순신은 이 대목에서 침묵했다.

"아 그러니께 내 말은 도둑 같은 향리 새끼들을 다 죽여뿌리든가, 화적떼로 들어가 난이라도 일으키든가 둘 중 하나라는 거이지. 쓰불."

"윤씨! 아니 이 사람 큰일 날 소리하고 자빠졌네. 니 모가지가 몇 개나 되냐."

"어차피 우린 개돼지여, 사람대접 못 받는 거 죽기 아니면 까무러치기지 뭐여. 안 그냐?"

"낮말은 새가 듣고 밤말은 쥐가 듣는다는디, 고놈 주둥아리 조심혀 라잉. 누가 관아에 콱 찔러부르믄 늬 모가지는 댕강, 저그 성문 위에 걸릴 것이고만이라."

"쳇! 아니 성님, 나가 틀린 말했소?"

왕이 저버린 백성들은 눈에 핏발을 세운 채 살벌했다. 피난민들의 땃다붓다 말싸움은 역심으로까지 비쳐졌다.

"자, 됐다. 내 다 들었으니 돌아들 가라."

이순신의 말이 끝나자마자 한 남자가 입술을 쭈뼛거리며 나섰다.

"아, 장군님, 하나만이요. 핏덩이 애가 나오자마자 군적에 올리고 군포(軍布 군역 대신 내는 베)를 내라고 닦달하는디, 이게 참 말이 안 되는지라."

이어서 얼굴에 주름투성이 노파가 나섰다.

"장군님, 이내 말 좀 들어보시용. 내 할아범 죽은 지가 언젠 디, 베를 내놓으라고 지랄발광을 떠니 세상이 망조가 든 게 아니면 뭣이랑가요?"

이들은 갓난아이에게 병역을 지우는 황구첨정(黃口簽丁)이나 죽은 자에게 베를 받는 백골징포(白骨徵布)의 횡포를 성토하고 있었다.

전정, 군정, 환곡 등 삼정이 문란함으로써 향리들의 배만 불리는 일이 비일비재했다. 춘궁기에 백성들에게 곡식을 빌려주는 환곡은 국가가 고리대금업자가 되는 이상한 형태로 변질되어 있었다. 이 와중에 향리들은 일정한 급료가 없었으므로 중간에 장난을 쳐서 고을 수령에게 아부하고 나머지는 자기 뱃속을 채웠다.

'흐음, 대대로 내려오는 이 고질병을 대체 어찌해야 한단 말인가. 답답하기 짝이 없는 송사 같네그려. 으음.'

이순신은 잠시 고개를 돌려 깊은 한숨을 내쉬었다.

"장군님, 그 빌어먹을 공납땜시 살아도 산목숨이 아닙니다요."

공납이라는 말이 나오자 많은 사람들이 격앙되어 극도로 흥분했다.

"아, 시상에 바닷가에서 나지도 않는 인삼을 내라고 지랄을 떠니, 미치고 환장할 노릇이 아닙니까요?"

"급살 맞을 놈의 새끼들. 아 지그들은 우리꺼 빼앗아 배 탕탕 두들기며 살고…. 망할 놈의 세상!"

공납(貢納)은 백성이 농수산물 이외에 먹, 부채, 종이, 놋그릇, 돗자리 등 그 지방의 특산 수공업제품을 관아에 바치는 것이다. 큰 마을이나 작은 마을 구분 없이 똑같이 내야 했고 많은 토지를 소유한 양반 전주(田主)나 송곳 꽂을 땅도 없는 소작농이나 비슷하게 할당됐다. 무엇보다 그 지역에서 나지도 않는 물품을 바치라는 것은 관아의 약탈이나 다름없었다. 이 틈바구니에 방납 업자들이 끼어들어 백성의 고혈을 빨아먹었다.

일테면 돈을 주면 물건을 대신 나라에 바치는 사람, 중간상인인 방납 업자가 재미를 쏠쏠하게 보고 있었다. 이들은 공물을 심사하는 향리에게 뇌물을 찔러주고 자신들의 물건이 아니면 받지 못하게 했다. 또 원래 가격의 수십 배 이상 받고 대납을 했다. 이 같은 협잡질의 폐해가 극심했다.

각사 향리들은 방납의 일을 부자, 형제가 전승해 가업으로 삼았다. 또 돈이 된다는 소문이 퍼지자 사대부(양반), 종실(왕가 친인척) 및 큰 밑천으로 장사를 하는 부상대고(富商大賈)가 손을 댔는데 향리들은 그 하수인이 되기도 했다.

과도한 세금은 호환 마마보다도 더 무서운 기세로 백성의 삶을 짓이겨 댔다. 가렴주구로 세금의 등쌀에 시달리는 백성들은 죽지 못해 목숨을 부지했다.

"아씨! 이럴 바엔 싸그리 엎어버리자! 빌어먹을 놈의 세상!"

"나씨, 그게 뭔말이랑가? 씨알때기 없는 말 하덜 말어!"

"응, 거 머시냐 우리도 왕을 선택해야 살 방도가 나오는 게 아닌가 말이여."

"귀신 씨나락 까먹는 소리! 아무리 열불통이 나도 그렇제…."

"아, 나라님이고 고관대작 나발이고 싹 쓸어뿔고 새 세상 맹그는거다 이거여. 나 얘기는."

이때 큰 눈을 껌뻑이던 중늙은이가 끼어들었다.

"그래 어쩌자는 것이여? 느그들 꼴리는 대로 씨부려부러라."

다음은 광해군 때 선혜청에서 왕에게 올린 글이다.

"백성들로부터 받는 대납가격의 10분의 5~6은 방납업자 손에 들어가고, 10분의 3~4는 생산자의 손으로 가고, 겨우 남는 10분의 1~2가 국가의 용도에 충당됩니다. 또 공물의 하나인 과일의 예를 보면, 공납 담당 관리들이 과일 생산지의 업자와 밀통하여 사들여 놓았다가 대납하기 때문에 배 1개의 값이 면포 1필과 같고, 은행(銀杏) 1말의 값이 쌀 80말과 맞먹는 가격이 되고 있습니다."

부익부빈익빈(富益富貧益貧), 권력자와 부자는 남의 것을 빼앗아 더 부유해지고 가난뱅이는 죽어나고 있었다. 기울어진 땅에 뿌려진 불평등의 씨앗은 언제나 절대권력자의 목을 향하는 비수가 되곤 했다.

백성들의 마음은 이미 임금이 있는 도성과는 유리되어 있었다. 성난 밑바닥 민심이 환청이 되어 이순신의 귀청을 어지럽혔다.

"장군님! 해상훈련장으로 갈 때가 지났습니다요."

"어? 그런가?"

조방장 배홍립이 재촉하다시피 했다.

"배 동지, 다 들었지요?"

"예, 그들의 입이 하도 거칠길래 도중에 자르려 했지만 장군님도 심취해있어서 그만."

"배 동지, 저 울부짖는 아우성이 들리지 않소? 백성의 마음이 떠난 나라는 더이상 나라가 아니오."

"저들이 저렇게 섬뜩하리만큼 역심을 품고 있었는지 미처 생각지 못했습니다."

"역심이요? 허, 혹세무민의 세상이오. 임금과 권세가들의 생각은 죽었다 깨도 달라질 것은 없을 것이고…."

"장군! 남해안 곳곳에 둔전을 개발하면 피난민들의 삶이 한결 나아질 것입니다."

"그렇겠지요? 둔전과 고기잡이, 옹기 생산량의 반씩만 바치라 하시오. 우리도 군량으로 써야 하니까."

조선의 부실한 왕조가 그나마 계속 연명해 갈 수 있었던 것은 애민정신을 가진 몇몇 위인들이 있었기 때문이었다. 1569년 율곡 이이가 공물 방납의 폐해를 지적한 동호문답을 왕에게 올렸고 이후 류성룡, 이원익, 김육 같은 경세가들이 그 맥을 이어갔다. 그러나 문제는 최고결정권자인 왕이 뭔지 모른 채 고개를 모로 돌리면 그것으로 끝이었다.

왕과 조정은 세자책봉을 둘러싸고 광해군파와 선조파로 나뉘어 피 튀기는 정쟁을 이어갔다. 왕은 무엇보다 왕비간택이 중했다.

이순신은 점점 가까이 다가오는 적의 그림자를 직감하고 있었다. 또 수군을 재건하고 성난 피난민들의 마음을 다잡아줘야 하는 이중, 삼중고에 심사가 대단히 복잡해졌다.

이순신의 항명
"광화문으로 진격하라"

왜적이 코앞인데…
동인서인 나눠 싸움질만 하는구나

15

붕당(朋黨)의 폐해

조선 제14대 왕 선조(1552~1608, 재위 1567~1608)는 중종의 손자 덕흥부원군의 셋째 아들로 하성군 이연이다. 문정왕후(중종의 계비, 명종의 모친)와 그 남동생 윤원형 일파의 득세로 왕 노릇 한번 제대로 못 했던 명종이 34세 젊은 나이로 후사 없이 세상을 떠나자 생각지도 않은 하성군이 왕으로 등극했다.

선조는 왕위 가능성이 거의 없는 방계 출신 최초의 왕이 됐다는 사실만으로 심한 열등감에 시달렸다. 이 열등의식은 류성룡, 이순신 같은 스스로 자립하려는 자강파를 시기하고 의심하는 증세로 나타났다.

선조가 등극한 뒤 조정에는 새로운 바람이 불었다. 중종 때 조광조 등 개혁파 신진사류들이 숙청된 기묘사화 이후 물러나 있었던 사림들이 속속 정계에 복직하기 시작했다. 사류 가운데 학덕이 높은 대표적인 선비는 퇴계 이황과 율곡 이이, 남명 조식 정도였다.

신진사류들이 대거 조정에 나오자 신구 세력 간에 권력투쟁이 필연적으로 일어났다. 학통과 사제관계, 지연·혈연 등으로 복잡하게 얽힌 사류들은 동인, 서인 같은 붕당(朋黨)으로 그 모습을 드러냈다.

붕당의 대립은 자리싸움에서 시작됐다. 1575년 이조 전랑직(銓郎

職)을 둘러싼 김효원과 심의겸(명종의 비 인순왕후 동생)의 반목이 그 시작이었다. 이조 전랑직은 정5품 정랑과 정6품 좌랑을 통틀어 이르는 말이다. 그 품계는 정5품, 정6품으로 낮으나 문무관의 인사권과 언론 3사인 사헌부, 사간원, 홍문관의 청요직(淸要職)을 추천하고 재야인사에 대한 추천권을 가진 요직 중의 핵심이었다. 그러니 이 노른자위는 관료들 간의 집단적인 대립의 초점이 되었다.

"대감, 저기 이조 전랑님이 오십니다요."

정3품 이상 당상관이라도 길거리에서 전랑을 만나면 말에서 내려 공손하게 인사를 할 정도로 위세가 당당한 자리였다.

"아이구 어디를 가시는 길입니까. 에~ 긴히 부탁드릴 인사가 있는데, 조만간 찾아뵙겠습니다."

"아아, 인사 청탁은 절대 사절이요. 알만한 대감께서 왜 그러십니까. 허허."

"아니, 세자 책봉과 관련해서 임금의 심기에 대해 긴히 드릴 말씀도 있고 해서…."

"국사는 조정에서 논하시오. 저는 이만 바빠서 먼저 갑니다."

1574년 퇴계 이황의 문인인 김효원이란 선비가 이조전랑이라는 요직에 추천이 되자 심의겸이 이에 반대하고 나섰다. 심의겸은 김효원이 젊었을 때 세도가 윤원형의 집에서 식객으로 있었다는 점을 들어 이조전랑에 임명되는 것을 반대했다.

그러나 김효원은 끝내 이조전랑에 임명되었다. 그 이유는 당시 심의겸에게 실권이 없었으며 김효원은 이황의 문하라는 좋은 학벌과 넓은 인간관계로 말미암아 많은 젊은 선비들의 지지를 받고 있었기 때문이었다. 이후 심의겸의 동생 심충겸이 장원급제 후 전랑 자리에 추천되자 김효원은 "외척이 등용돼서는 안 된다"며 이발을 후임으로 정했다. 결과적으로 앙숙이 된 김효원과 심의겸의 대립은 젊은 선비들과 나이 든 선비들의 대립으로까지 비화했다.

이 선후배 간의 갈등 와중인 1575년 김효원과 가까운 사간원의 허엽이 우의정 박순을 부패혐의로 공격하자 박순이 사직하는 사건이 발생했다. 이 사건을 두고 조정과 선비들의 의견이 둘로 갈렸다. 김효원을 비롯한 젊은 선비들은 허엽의 공격을 지지했던 반면에 심의겸을 비롯한 나이든 선비들은 그것을 지나친 일로 비판했다.

김효원을 중심으로 한 동인은 허엽을 영수(領袖)로 추대했고 심의겸을 중심으로 모인 서인은 박순을 영수로 모셔 대립양상이 본격화되었다. 허엽과 박순은 원래 다 같이 화담 서경덕의 제자로 동문수학한 사이였다. 권력은 부자지간에도 나눌 수 없는 것인데 하물며 당색을 달리하는 정적인 바에야 더 말할 필요가 없었다.

김효원의 집이 한양 동쪽의 건천동(마른내골)에 있었고 심의겸의 집이 한양 서쪽의 정릉방에 있었기 때문에 동인, 서인이라 불렀다. 동인에는 대체로 퇴계 이황과 남명 조식의 문인들로 류성룡, 우성전, 김성일, 남이공, 이발, 이산해, 이원익, 이덕형, 최영경 등 소장파 사림들이 참여했다. 또 서인에는 율곡 이이와 우계 성혼의 제자들이 많았다. 정철, 송익필, 조헌, 이귀, 김계휘, 윤두수, 윤근수, 이산보 등이 주축을 이루었다.

선조 즉위 22년이 되던 1589년 기축년 10월 정여립의 난이 일어났다. 난의 발단은 황해도 관찰사 한준이 전 홍문관 수찬(종6품)이었던 정여립이 역모를 꾀하고 있다고 고변함으로써 시작되었다.

정여립은 전주 출신으로 1570년 식년문과에 급제한 뒤 1583년 예조 좌랑을 거쳐 이듬해 수찬으로 퇴관했다. 그는 율곡 이이와 우계 성혼의 문인으로서 원래 서인이었으나 집권한 동인에 아부하였고 스승인 이이가 사망한 뒤 그를 배신하고 박순과 성혼 등을 비판하여 선조가 이를 불쾌히 여기자 벼슬을 버리고 낙향했다. 고향에서 점차 이름이 알려지자 진안 죽도에 서실을 지어 놓고 대동계(大同契)를 조직해 신분에 구분 없이 불평객, 무뢰배들을 모아 무술을 단련시켰다.

1587년 전주 부윤이던 남언경의 요청으로 손죽도(여수)에 침입한 왜구를 격퇴하는 공을 세우는 등 대동계는 상당한 전투력을 가지고 있었다. 정여립은 대동계 조직을 전국으로 확대해서 황해도 안악의 변숭복, 해주의 지함두, 운봉의 승려였던 의연 등 기인과 모사꾼을 끌어모아 세력화했다.

정여립은 곧잘 다음과 같은 말을 입에 담았다.

"천하는 공물(公物)이므로 일정한 주인이 있을 수 없다"는 '천하공물설'을 퍼뜨렸고 "누구를 섬기든 임금이 아니겠는가"라는 '하사비군론'을 주장하며 혈통에 근거한 왕위 계승의 절대성을 비판하고 왕의 자격과 실력을 중시하였다.

또 "충신이 두 임금을 섬기지 않는다고 한 것은 성현의 통론이 아니었다"며 주자학적인 '불사이군론(不事二君論)'에 대해서도 비판적인 사상을 가지고 있었다. 왕의 선위(禪位 이양)를 입에 담는다는 자체가 불온한 일이요 곧 삼족이 멸문지화를 당하는 시절에 그는 택군(擇君)이라는 혁명을 말하고 있었다. 백성도 자신의 왕을 고를 수 있다는 어마어마한 생각이었다.

잡술에 능한 정여립은 장차 나라에 변이 일어나게 된다고 예언했다. 명종 때 임꺽정의 난이 일어났던 황해도 안악에 내려가 그곳에서 교생, 기인, 모사꾼들과 사귀었다. 당시 세간에는 "목자(木子=李)는 망하고 전읍(奠邑=鄭)은 흥한다"는 정감록의 '망이흥정설(亡李興鄭說)'이 퍼져 민심은 흉흉하기 이를 데 없었다.

사관은 다음과 같이 시대상을 밝혔다.

"굶주리고 헐벗어 배고프고 추운 백성들은 아침 저녁거리가 없어 잠시라도 목숨을 잇고자 해서 도둑이 되었다. 그들이 도둑이 된 것은 왕정의 잘못이지 그들의 죄가 아니다."

자고로 먹고사는 문제가 해결 안 되면 백성들은 유리방황하고 나라는 망하게 마련이다.

정여립은 망이흥정설을 옥판에 새겨 승려 의연에게 지리산 석굴에 숨겨두도록 했다. 그런 뒤 변숭복, 박연령 등과 산 구경을 갔다가 우연히 발견한 것처럼 위장해 자신이 시대를 타고난 인물로 여기게 했다.

"왜적이 곧 들이닥친다는 소문이다. 게다가 조정의 폐정은 더 이상 두고 볼 수가 없다. 일어나 나를 따르라!"

직정적 성격인 정여립은 새로운 왕, 아니 자신이 왕이 되어야 한다고 칼을 높이 쳐들었다. 그때 천안지방에서 길삼봉이라는 자가 화적질을 하고 있었는데 용맹이 뛰어나 관군이 아무리 잡으려 해도 잡을 수가 없었다. 정여립은 신출귀몰하는 길상봉을 이용하기로 마음먹었다.

"너희들은 황해도로 가서 '길삼봉, 길삼산 형제는 신병(神兵)을 거느리고 지리산에도 들어가고 계룡산에도 들어간다'고 퍼뜨려라."

또 "정팔룡이라는 신비롭고 용맹한 이가 곧 임금이 될 터인데, 머지않아 군사를 일으킨다고 소문을 내라." 팔룡은 정여립의 어릴 때 이름이었다.

이 소문은 황해도 지방에 널리 퍼졌고 "호남 전주 지방에서 성인이 일어나서 만백성을 건져, 이로부터 나라가 태평하리라"는 말이 떠돌아다녔다.

"아아악! 뭐라했는가. 역모? 지금 역모라 했는가? 극악무도한 반역의 무리들을 당장 일망타진하라! 괴수는 내가 친히 국문하리라! 어서 잡아오란 말야!"

왕은 혼비백산하여 몸을 부들부들 떨었다.

선전관과 의금부 도사가 황해도와 전라도에 달려가 사실 여부를 확인하였다. 정여립은 황해도 안악의 변숭복에게서 그 제자였던 조구가 자복했다는 말을 전해 듣고, 아들 옥남과 함께 진안 죽도로 도망하여 숨었다. 자신을 포박하러 온 선전관과 의금부 도사를 칼로 쳐 죽이고 자결했다. 아들 옥남은 군관들에게 잡혀서 문초를 받은 끝에 길삼봉이 모의 주모자이고, 황해도 사람 박연령, 변숭복 등이 공모했다고 자백하였다. 잡혀간 사람들은 자백하거나 일부는 불복해 매를 맞다가 장살되었다.

이 난을 두고 동인을 말살하려는 서인에 의해 조작된 사건이라는 주장이 제기되었다. 동인 이발과 최영경이 고문을 받다가 죽었고, 우의정 정언신 등이 유배되는 등 1000여 명이 화를 입었다.

이 역모사건에 대한 국문은 1589년부터 3년 동안 계속되어 동인은 몰락하고 서인이 정국을 주도하게 되었다. 호남은 '반역향(反逆鄕)'

이 되어 그곳 출신의 관직 등용에 제한이 가해졌다. 1592년 4월 임진 왜란이 일어났으니 나라는 외침에 대한 대비책은 소홀한 채 동인과 서인의 첨예한 대립 속에서 헤어나오지 못했다. 내우외환이었다.

기축옥사로 인해 우의정 정언신은 정여립과 9촌 간이라는 이유만 으로 유배되었다가 죽임을 당했다. 정언신은 1583년 병조판서로 이 순신, 김시민, 이억기, 신립 등 임진왜란 당시 활약했던 유명 장수들 을 이끌고 여진족 니탕개(尼湯介)의 난을 평정했던 위인이다.

정여립 사건으로 서산대사 휴정은 정여립과 역모를 모의했다는 죄 목으로 묘향산에서 끌려가 선조에게 친히 국문을 받았으며, 사명당 유정은 오대산에서 강릉부로 끌려가 조사를 받는 등 고초를 겪었다. 이 가운데 전라 도사 조대중은 관내 순찰 중 사랑하던 기생과 안타까 운 이별을 못 이겨 눈물을 흘리자 정여립의 죽음을 슬퍼해서 울었다 는 죄목으로 장살되었다.

1591년 서인은 동인인 이산해와 류성룡도 정여립 역모에 연루된 것으로 몰아가려 했으나, 서인들의 지나친 세력 확대에 반발한 국왕 은 '간혼악철(姦渾惡撤)' 즉 "간사한 성혼과 사악한 정철이 정국을 주도하려 하니 내쳐라"고 말해 정철을 파직시켜 강계로 유배보냈다. 정여립 난을 조사하는 추국청의 위관인 정철은 동인을 거의 때려잡 은 뒤 토사구팽당한 것이다. 그럼으로써 기축년(1589년)에 시작된 옥사는 마무리되었다.

서인 강경파인 정철은 평소 미워하던 동인들의 씨를 말리려고 했 다. 그래서 '동인백정(東人白丁)'이란 말을 들었다. 피해를 당한 동인 집안에서는 오랫동안 '백정' 정철의 잔혹함을 떠올리면서 부엌에서 도마질을 할 때마다 "정철!" "정철!" 하며 이를 부득부득 갈았다.

기축옥사는 이후 당쟁을 확대시키는 중요한 계기가 되었다. 이 사건으로 동인과 서인의 첨예한 갈등은 1592년 임진왜란 때, 국정 분열상을 야기했다. 조선통신사 정사로 일본을 다녀온 서인 황윤길은 "도요토미 히데요시(豊臣秀吉)가 분명히 전쟁을 일으킬 것 같다"고 보고한 반면에 부사인 동인 김성일은 "도요토미 히데요시는 쥐 눈을 가진 원숭이 같은 자로서 그럴만한 위인이 못 된다"라고 상반된 보고를 했다.

"그만들 해! 똑같이 보고도 서로 딴판으로 이야기를 하니 대체 누구 말이 맞는단 말인가? 이런 멍청한 인사들 같으니라구, 한심하오. 허."

왕은 답답해서 한숨을 푹 내쉬었다. 동인이 조정을 장악한 상황에서 김성일의 보고가 치열한 논쟁 끝에 채택되었다. 그리고 임진왜란이라는 미증유의 대참화가 7년에 걸쳐 강토를 짓밟았다.

"아까 조정에서 히데요시가 전쟁을 일으킬 만한 위인이 못 된다고 복명했는데 정말이요?"

같은 당색을 가진 류성룡이 뭔가 짚이는 듯 김성일에게 물었다.

"대감, 나도 어찌 전쟁이 안 일어난다고 장담할 수 있겠습니까. 다만 전쟁을 들먹이면 백성들이 동요할까 봐 그랬지요."

"허허. 이 사람. 어찌 그리 중차대한 일을 그리도 쉽게 말할 수 있다는 말이요?"

류성룡의 얼굴은 일그러졌다.

기축옥사가 한창이던 1589년 12월 차사원(差使員 파견관리)으로 한성에 들어온 정읍현감(종6품) 이순신은 우의정 정언신이 대역죄로 의금부 옥에 갇혔다는 소식을 듣고 면회를 신청했다. 그때 감옥 바깥에서 의금부 나장들이 술을 마시며 노래를 부르고 있었다. 이 장면을 본 이순신은 "정승이 잡혀 와 계신데, 이 무슨 방자한 추태인가"라며 꾸짖었다. 그러자 나는 새도 떨어뜨린다는 나장들이 잘못을 시인하고 물러갔다. 이렇듯 이순신은 옳고 그름을 분명하게 따지는 성격이므로 반대파로부터 숱한 모함과 무고를 당했다.

이순신은 또 상경 중에 친분 있는 금오랑의 제안을 거절한 바 있었다.

"현감, 조대중의 집에서 나온 압수물이요. 여기에 현감의 편지도 있던데요. 음, 어찌하오리까, 빼드릴까요."

"아니오 됐소! 단지 안부편지 답장이었을 뿐이오. 또 수색품은 공물이니 사사로이 빼서는 온당치 않소."

정여립과 친하거나 편지를 교환만 해도 붙잡혀 어떤 변고를 당할지 모르는 살얼음판 같은 판국이었다. 사생유명 사당사의(死生有命 死當死矣)! "죽고 사는 것은 하늘에 달린 일이다. 죽게 되면 죽는 것이다"라는 이순신의 사생관은 유감없이 드러났다.

이순신은 당쟁의 희생양이었다. 류성룡, 이산해, 정언신 등 동인이 이순신을 지지하자 서인은 이순신을 미워하면서 억하심정으로 원균을 두호하고 나섰다.

원래 이순신은 당색이 없었다. 그런데 서인과 북인이 이순신을 동인 또는 남인으로 분류해서 공격한 것은 그를 천거한 영의정 류성룡이 온건한 남인(동인)이었기 때문이다.

당쟁의 폐해는 아시타비(我是他非)의 편가르기 싸움이었다. '나는 옳고 너희는 그르다'는 아집이 지배하면 상식과 공정 나아가 정의는 바로 설 수 없는 게 정한 이치였다.

전란 초기 왜군에 쫓겨 의주까지 피난 간 왕은 압록강 건너 요동 땅을 바라보며 조정의 분열을 한탄하며 회한시(悔恨詩) 한 편을 읊었다.

"관산에 뜬 달을 보며 통곡하노라/ 압록강 바람에 마음 쓰리도다/ 조정 신하들은 이날 이후에도/ 서인 동인 나뉘어 싸움을 계속할 것인가."

더이상 물러설 곳이 없는 절체절명의 상황에서 왕도 당쟁의 폐해를 알고는 있었다는 것이다. 그러나 때는 늦었으니 어찌할 것인가?

이순신의 항명
"광화문으로 진격하라"

백성을 버린 국왕은 원수일 뿐…
택군은 그저 꿈이런가

16

민심의 이반(離叛)

백성이 꿈꾸는 이상적인 세상은 무엇일까. 공자는 시경에서 현실의 부조리를 기술한 후 있어야 할 당위, 곧 왕이 백성을 골고루 사랑하고 주인으로 여기는 정치와 세상을 말하고 있다.

위민이천(爲民以天) 사상이다. 편을 가르지 않고 귀천을 막론하고 생명이 있는 소우주인 사람에 대한 애민을 강조했다. 이순신이 7년 전쟁 내내 조정의 원조 없이 군영에서 자급자족 생산을 통해 군졸과 피난민에게 애민을 실천한 것은 그 대표적인 사례가 된다.

공자는 또 "지극히 천하고 어디에도 호소할 데 없는 사람들이 바로 백성이요, 높고 무겁기가 산과 같은 것도 또한 백성이다"라고 했다. 이 사상은 '성악설'을 주창했던 순자의 군주민수(君舟民水)와 맥이 닿아 있다. '군왕은 배이고, 백성은 물이다.' 물은 배를 띄우기도 하지만 분노한 거센 물결이 되어 배를 뒤집어엎기도 한다. 언뜻 무지렁이로 보이는 백성은 때론 하늘 같은 절대군주도 하루아침에 갈아치울 수 있을 만큼 파괴적 괴력을 가졌다는 의미심장한 말이다.

절대 왕조시대에서 백성이 택군(擇君)이란 말을 감히 입 밖에 꺼낸다는 것은 불경하기 짝이 없는 일이었다. 그래서 백성들은 불평불만을 안으로 삭이다가 의병이 봉기할 때나 난이 일어났을 때 그 언저리에 묻어서 칼과 창, 낫이나 곡괭이를 들고 나섰다.

성리학적 유교사상이 지배하는 사대부 사회에서 한자(漢字)를 독점한 양반 계층은 문맹인 백성들을 가지고 놀기에 딱 좋았다. 글씨를 모르는 무식쟁이인 만큼, "어허! 너희들은 몰라도 된다. 그저 시키는 대로만 잘하면 되느니라"하면서 권력을 독점했다.

세상은 불평등했다. 무엇보다 목구멍에 풀칠하기가 여간 어려운 게 아니었다. 앞날이 보이지 않는 캄캄한 가운데 딸린 식솔을 먹여 살리는 일이 가장 급했다. 1594년 갑오년은 흉작으로 기근이 심했고 전염병의 창궐이 기세를 올렸다. 곡물이 귀한 나머지 소 한 마리 값이 쌀 3말에 불과했고 고급 무명베 한 필이 쌀 서너 되밖에 안 될 정도였다.

백성들 사이에서는 사람을 서로 잡아먹는 인상식(人相食)의 지옥도가 펼쳐졌다. 급기야 사헌부에서는 왕에게 식인의 풍조를 단속해 달라는 상소를 올렸다. 한성을 비롯해 전국의 백성들 십중팔구는 기아와 전염병으로 죽어갔다.

"아, 글쎄 사람고기를 먹는다는데, 이런 생지옥이 따로 있다던가."

"호랭이에게 잡혀 먹었다는 소릴 들은 적은 있어도, 식인이라. 허허."

"오죽하면 인(人)고기를 먹겠나. 창자가 등짝에 착 들러붙었으니 도리가 없었겠지 뭐."

"산 입에 거미줄 치지는 못하는 법이지. 츳츳."

왕이 도성으로 돌아온 뒤 왜군이 남겨놓은 군량미를 풀어 장정에게 좁쌀 두되, 아녀자는 한 되씩 배급했다. 하지만 이것만으로는 어림없어 간에 기별도 안 갔다.

굶주린 백성들은 허망한 마음에 새로운 세상이 나타나 주기를 갈망했다. 가난은 나라님도 구제 못 한다고 했지만 왕이 평시에 제대로 민생 정책을 폈더라면 백성의 고단함은 한결 덜했을 것이다.

여하튼 고초를 겪는 백성들의 마음속에는 반역의 씨앗이 뿌려져 그 싹이 서서히 발아하기 시작했다. 청계천 광통교 너머 남별궁은 1593년 명나라 장수 이여송의 명군이 주둔한 이래 중국 사신이 머무르는 곳이 됐다. 사신을 위한 연회가 베풀어지는 날이면 어김없이 주변에는 어린애들이 옹기종기 모여 주린 배를 움켜잡고 코를 킁킁거렸다. 술에 취해 배 터지도록 먹은 사신이 뱉은 토사물이라도 핥아먹으려는 심산이었다.

무릇 백성이란 무엇인가. 민심무상(民心無常)! 백성들은 일정함이 없어 절대로 어느 한 곳에 붙박이로 붙어있지 않는다. 옳고 그름보다는 시류에 따라 움직이는 게 백성이기도 했다. 백성들의 마음은 유혜지회(惟惠之懷)해서 오로지 은혜롭게 정치하고 혜택을 베푸는 자에게 붙게 마련이었다. 그가 어느 나라 누구이든, 상관하지 않았다.

왜란 바로 전 정여립이 모사한 난은 사대부가 왕위를 넘보는 택군의 역성혁명이었다. 선조의 실정(失政)과 실덕(失德)을 낱낱이 열거하여 왕조의 운수가 다했음을 논하다가 발각되어 결국 무산되고 말았다.

1592년 4월 30일 왕이 왜군에 쫓겨 도성을 떠나 파천(播遷) 길에 오르자 민심이 이반했다. 분기탱천한 백성들은 자신들을 버리고 도망가는 왕을 원수로 여겼다.

"왕이 우리를 버렸으니 우리의 왕은 없다. 오히려 고니시나 가토가 우리에게 식량을 배급하니 그들이 우리의 왕이다. 안 그런가?"

류성룡의 '서애집' 기록이다.

"임금의 행차가 성을 나서니 난민들이 맨 먼저 장례원(掌隸院 노비 판결부서)과 형조를 불살랐다. 이 두 곳에는 공사노비의 문서가 있는 까닭이다. 또 내탕고(內帑庫 왕실 개인금고)에 들어가 금과 비단 같은 귀중품을 끌어냈으며 경복궁, 창덕궁, 창경궁에 불을 질러 하나도 남겨둔 것이 없었다. 역대로 내려온 보화와 귀중품, 문무루와 홍문관에 쌓아둔 서적, 승문원 일기가 모두 타버렸다. 또 임해군과 병조판서 홍여순의 집이 불탔다. 모두 왜적이 오기 전에 우리 백성들에 의해 자행된 것이다."

임진왜란 첫해 함경도에서 난이 일어났다. 왕은 의주에 머물면서 여차하면 압록강을 건너 명나라로 가려고 내부(內附 망명)라는 말을 곧잘 꺼냈다.

"내정이야 분조(分朝 임시 조정)를 만들어 광해에게 맡기고 잠시 명나라에 갔다가 잠잠해지면 돌아오겠소."

"아니 되옵니다. 임금이 한 걸음이라도 이 나라를 떠나는 순간 이 나라는 왕의 나라가 아닙니다. 내부라는 말은 입 밖에도 내지 마십시오."

영의정 류성룡은 작심 발언을 했다.

광해군은 분조를 맡아 평안도, 강원도, 호남을 돌면서 백성을 위무하고 의병을 독려하는 임무를 수행하고 있었다. 다른 왕자인 임해군과 순화군도 같은 임무를 띠고 함경도로 갔다. 그런데 뜻하지 않은 사달이 났다.

그해 7월 함경도 회령 아전이었던 국경인과 그 숙부 국세필 등이 반란을 일으켜 함경도를 점령한 가토 기요마사(加藤淸正)에게 투항했다. 두 왕자(임해군·순화군)가 현지에서 근왕병을 모으지는 않고 망나니짓을 일삼자 이들을 포박해서 왜군에게 넘겨주었다. 국경인은 이 공로로 가토로부터 판형사제북로라는 관직을 받아 회령을 통치하면서 횡포를 자행했다. 그러다가 북평사 정문부의 격문을 받은 회령 유생 신세준과 오윤적의 유인에 붙잡혀 참살되었다.

임해군·순화군을 호종했던 신하 김귀영·황정욱·황혁 등도 현지 백성들의 인심을 얻지 못해 원성의 대상이 되었다. 황정욱의 아들 황혁은 순화군의 장인이었다. 왕과는 사돈지간이다. 선조실록에 백성들이 반란을 일으킬 만한 사정이 들어 있다.

"황혁은 강원도에서 함경도로 들어갈 때 임금의 염려를 생각하지 않고 또 부탁한 무거운 임무를 잊어버리고 하는 짓거리가 모두 도리에 어긋나고 사나웠다. 고을에서 접대하고 바치는 것이 조금이라도 제 뜻에 차지 않으면 채찍질, 매질을 한도 없이 해댔다. 지나는 곳마다 소동이 일어나 마치 난리를 겪은 것 같았다. 원망한 백성들이 반란을 일으켜 마침내 회령의 변고가 일어난 것이다."

호조판서였던 황정욱은 1589년 정여립의 모반에 연루되어 파직되었다가 복직되었다. 그는 현지에서 의병을 모집하는 격문을 돌리다가 국경인의 모반으로 왕자와 함께 포로가 되어 안변의 토굴에 감금되었다. 이때 가토의 지시로 왕에게 항복 권유문을 기초한 게 문제가 되어 동인과 서인 간 정쟁의 빌미가 되었다. 황정욱은 동인의 집요한 공격을 받아 길주에 유배되었다가 죽었다.

훗날 다산 정약용은 함경도와 평안도의 사세를 이렇게 진단했다.

"서쪽 지방 백성들 오랜 세월 억압받아/ 십세(오랜 기간)토록 벼슬 한 장 없었네/ 겉으로야 공손한 체하지만/ 마음속에는 언제나 불만 이었네/ 옛날에 일본이 나라 삼키려 했을 때/ 의병이 곳곳에서 일어 났지만/ 서쪽 백성들이 수수방관했음은/ 참으로 그럴만한 이유 있 었네."

서쪽 지방 사람들은 조선의 왕보다 가토를 더 반기며 자신들을 해 방시켜 준 은인이라고 여겼다. 평소 왕이 자신들을 얼마나 위하고 지 켜주는가를 무지렁이 백성들은 귀신같이 모두 다 알고 있다는 뜻이 다. 무신불립이다. 서로 간에 신뢰가 없으면 같이 갈 수 없는 것이다.

임진왜란 중에 반란을 일으킨 사람은 양주의 이능수, 이천의 현몽, 부여의 송유진, 홍주의 이몽학 등이었다. 이들의 반란 이유 역시 국 경인을 따른 회령의 백성들과 크게 다르지 않았다. 1594년 송유진 등 이 창의병(唱義兵)을 자처하며 충청도 천안과 직산 일대에서 세력을 모아 변란을 모의했다. 관군에 붙잡힌 송유진 등은 곧바로 한양으로 압송되어 왕에게서 직접 조사를 받았다. 그리고 이들에게는 군대를 일으켜 도성을 포위한 뒤 광해군을 왕으로 세우려고 했다는 혐의가 씌워졌다. 결국 주모자로 인정된 송유진 등 100여 명은 왕의 친국이 끝난 뒤 곧바로 광화문 육조거리 앞에서 능지처참을 당했다.

왕은 이후 의병에 대한 적대감과 경계심을 병적으로 드러내기 시 작했다.

"의병 한답시고 권좌를 넘보는 놈들, 삼족을 멸해야 후환이 없을 것이니 앞으로 내가 친히 국문을 담당할 것이다. 흠."

사실 따지고 보면 왜란 초기 조선 8도를 점령한 왜군들에게 가장 애를 먹였던 게 바로 의병들이었다.

"그 까마귀 떼 같은 조선 의병 놈들이 시도 때도 없이 밤이고 낮이고 나타나 병참선을 끊어놓으니 전투를 제대로 할 수가 없단 말이야."

1596년 이몽학이 주동이 되어 충청도 홍주(홍성)에서 반란이 일어났다. 이번에는 사뭇 세력이 강했다. 왜란이 발발한 이후 계속되는 흉년으로 민중들의 생활은 더욱 비참했다. 농사를 지을 사람들이 피난을 갔으므로 농토가 버려졌고 전염병이 창궐해 백성들은 곤죽이 되었다. 급기야 사람을 잡아먹는 지옥도가 펼쳐졌고 하얀 해골바가지가 길가에 이리저리 굴러다녔다. 길거리 개들은 시신을 물어뜯고 다녔다.

당시 조정에서는 명·일 사이에 강화를 둘러싸고 찬반양론으로 나뉘어 논쟁이 치열했다. 일본의 재침을 방비하기 위해 각처의 산성을 수축하는 등 백성의 부담이 가중되자 부역에 동원된 자들의 원성과 고통이 하늘을 찔렀다. 이런 기회를 포착한 이몽학은 불평불만에 가득 찬 백성들을 모아 선동과 반란을 획책했다. 겉으로는 의병을 모집한다는 명분을 내세웠다.

조정에 이몽학의 난이 일어났다는 소식이 전해졌다. 류성룡은 적이 당황했다. 개혁정치가 이제 막 시작된 때에 일어난 대규모 반란이기 때문이었다. 특히 반란을 진압하는 방법을 두고 류성룡의 고민은 더욱 커졌다.

"당장 진압을 해야 합니다. 제가 내려가 쓸어버리겠습니다."

순변사 이일이 나섰다.

"허어, 진압할 장수는 많아요. 단순히 진압만 한다면 민심을 다잡는데는 어려움이 있을 것이니."

이일의 격한 주장에 류성룡은 점잖게 대꾸했다. 우선 민심부터 다독여야 반란이 더이상 일어나지 않는다는 생각에서였다.

왕은 대로했다.

"어느 놈이건 나의 목숨을 노리는 자들은 능지처참형에 삼족을 멸할 것이다. 빨리 산 채로 잡아오란 말이야!"

그러면서 그동안 난의 주동자는 죽이고 가담한 자들은 놓아주니 이런 일이 벌어지는 것이라면서 불호령을 내렸다.

이몽학은 본래 왕실의 서얼 출신으로, 아버지에게 쫓겨나 충청도·전라도 등지를 전전하다가 전란이 일어나자 모속관(募粟官 식량 조달관) 한현의 휘하에서 활동하다가 함께 홍산 무량사에서 모의를 하고 군사를 조련했다.

동갑회(同甲會)라는 비밀결사를 조직해 반란군 규합에 열중했다. 이몽학은 700여 명의 승속군(僧俗軍)을 모았다. 이몽학 일당이 야음을 타고 홍산현을 습격해 현감 윤영현을 붙잡았다. 이어 임천군, 정산현, 청양현, 대흥군, 부여군을 연달아 함락시키자 현감들이 야반도주했다. 이민(吏民 아전과 백성)들도 모두 반군에게 복종하니 그 무리가 수만 명에 달하게 되었다.

이몽학이 홍주를 침범하자 홍주목사 홍가신은 아전 이희·신수 등을 반군 진영에 보내어 거짓 투항하게 하여 방어에 따른 준비를 갖추면서 무장 박명현·임득의 등 많은 무사들을 규합했다. 충청병사 이시언, 어사 이시발, 중군 이간은 청양에 포진해 장차 홍주로 향하려는 군사의 위세를 떨쳤다. 이몽학은 성의 함락이 어렵다는 것을 알고 새벽에 무리를 이끌고 덕산을 향해 달아나자 반란군 중에 도망자가 속출하였다.

"이몽학의 목을 베는 자는 반란에 가담하였다 하더라도 큰 상을 내리겠다."

목사 홍가신의 이런 포고에 반란군 중에서 다투어 이몽학의 목을 먼저 베려는 자가 속출하였다. 결국 반란군 김경창 등에 의해 이몽학은 참수되었다. 홍가신은 이순신과 사돈지간이었다.

"우리의 뒤에는 의병장들이 있다."

"아니 뭐라? 의병이 반란군이었단 말이냐? 모조리 싹 잡아들여라!"

이몽학 난을 수습하는 과정에서 반도(叛徒)들의 입에서 나온 무인사건(誣引事件)은 큰 충격을 던져주었다 이 말을 들은 왕은 실성할 정도로 대로했다. 의병장 김덕령·최담령·홍계남·곽재우·고언백 등이 무고하게 당했다. 그중에서 김덕령과 최담령은 혹독한 심문 끝에 억울하게 장살 당하거나 옥사했다.

호남 의병장 김덕령은 20대 혈기 방장한 호남아로 진주성 전투에서 김천일과 최경회의 의병이 전멸한 뒤 담양에서 의병을 조직했다. 서인 성혼의 문인이었던 그는 홍주에서 일어난 이몽학의 난을 진압하러 가다가 난이 평정되었다는 소식을 듣고 되돌아갔다. 그 일로 반란수괴 이몽학과 내통했다는 무고로 끝내 죽어야 했다. 향년 30세였다.

죽음을 직감한 김덕령은 '춘산곡(春山曲)'이라는 시조를 지어 자신의 답답하고 억울한 심정을 토해냈다.

"춘산에 불이 나니 못다 핀 꽃 다 붙는다/ 저 뫼 저 불은 끌 물이나 있거니와/ 이 몸에 내 없는 불이 나니 끌 물 없어 하노라."

김덕령의 죽음으로 의병에 나서면 집안이 망한다는 인식이 퍼졌고 정유재란 때에는 의병의 씨를 찾아보기 어려웠다. 그나마 남해안에서 수군 재건을 하던 이순신은 백성들의 신망이 높았으므로 의병이나 승병들이 스스로 모여들었다. 곧 일의 성패를 가르는 것은 애민 사상 여부에 달려 있었다.

임진왜란 때 최초로 의병을 일으킨 홍의장군 곽재우는 관군의 잇단 시비에 염증을 느꼈고 김덕령이 무고하게 죽임을 당하자 지리산으로 들어가 곡기를 끊고 생 솔잎만 먹는 벽곡찬송(辟穀餐松)을 하면서 세상을 피했다. 여러 차례 난을 겪은 왕의 의심증은 도졌고 그 화살은 이순신에게로 향하고 있었다.

'이순신, 이 자가 언제 들이닥칠지 몰라. 아악!'

이순신의 항명
"광화문으로 진격하라"

17

천행(天幸) 명량해전

해남 어란포 바다 한가운데 대기하던 이순신은 탐망군관 임중형의 급보를 받았다.

"장군, 적선이 이미 이진에 도착했습니다."

"뭐라 했느냐? 우리가 방금 떠나온 곳이 아니더냐. 흠."

다음날 새벽에 왜선 여덟 척이 어둠을 뚫고 나타났다. 실로 오랜만에 보는 왜 군선이었다. 여러 장졸들은 긴장하면서 잠시 동요했다. 경상우수사 배설 또한 겁에 질려 우왕좌왕하고 있었다.

이순신은 조금도 동요하지 않고 호각을 불고 대장 깃발을 휘두르며 단호하게 명령했다.

"왜선을 추격하여 나포하라!"

대여섯 척의 판옥선이 추격에 나섰지만 물살이 거세고 왜선이 어둠 속으로 홀연히 사라졌으므로 더이상 쫓지 않았다.

그날 밤 이순신은 어란포에서 바다 건너 장도(노루섬)를 거쳐 진도 벽파진으로 진을 옮겼다. 조선 수군은 점점 해남 우수영 가까이 다가가고 있었다. 벽파진에 도착하자마자 배설이 도망간 사실을 보고받았다.

"음, 그자가 기어코. 참 못난 자로구나. 추후 추포해서 죄를 엄히 물을 것이다."

그때 탐망군관의 급보가 또 전해졌다.

"장군, 아까 온 왜선은 정탐선이었고 이진에 50여 척의 왜 선단이 대기 중입니다."

이순신은 눈을 번뜩이며 이를 사리물었다. 급히 전라우수사 김억추를 비롯한 장수들을 모아 작전계획을 의논했다. 모두가 중과부적을 말하면서 당황한 기색이 역력했다. 일부는 충청도 방면으로 후퇴하는 수밖에 없다는 의견도 냈다.

"제장들의 말을 모두 다 들었다. 우리에게는 임전무퇴만 있을 뿐이다. 군인의 무덤은 정해져 있지 않다. 알겠느냐."

이순신은 "철석같은 신념으로 나아가면 귀신도 이를 피한다"는 말을 덧붙이면서 해이해진 제장들의 군기를 다잡았다.

이순신은 신임 수사 김억추의 어영부영하며 굼뜬 소행이 괘씸했다. 김 수사는 이억기 장군이 칠천량에서 전사한 뒤 서인인 좌의정 김응남의 추천으로 급히 부임한 자였다. 김 수사는 우수영에서 노꾼들의 충원 및 총통과 화약을 갖추는 일을 맡았는데 일이 지지부진하고 더뎠다.

'으음, 일개 만호(종4품)만도 못한 김억추와 앞으로 어찌 일을 도모해나갈 수 있단 말인가.'

이경(밤 10시쯤)에 야음을 틈타 출몰한 왜선이 포를 쏘아 경보를 울렸다. 이순신은 곧장 나아가 왜선을 향해 연달아 총통을 방포했다. 고요한 밤바다가 진동하면서 붉은 화염에 휩싸였다. 적선은 저항하지 못하고 삼경(자정쯤)에 완전히 물러갔다.

"우리 군세를 떠보기 위한 것이니 모두들 경계심을 풀지마라."

이순신은 이렇게 엄하게 신칙하고 갑옷을 입은 채 배의 뜸 아래서 웅크리고 앉아 있었다. 구름을 벗어난 조각 달이 어슴푸레 바다를 비추고 있었다. 수평선마저 사라진 검은 밤바다를 뚫고 당장이라도 왜선이 몰려올 것만 같았다.

'당장 놈들이 들이닥친다면 어떻게 막아야 할까.'

이순신은 어차피 피할 수 없는 결전이라면 하루빨리 시간을 당기고 싶었다. 다음날 아침이 밝았다. 9월 9일은 중양절이었다. 명절을 맞아 집을 떠나 고생하는 군사들의 사기를 올려 주려고 음식을 베풀었다. 녹도만호 송여종에게 부찰사(한효순)에게 받은 식량과 제주에서 가져온 소 5마리를 건네주었다. 소를 잡아 막 뜨끈한 쇠고기 국밥을 먹이려는 때 왜군 정탐선 2척이 다가왔다. 영등포 만호 조계종이 끝까지 뒤쫓았으나 잡지는 못했다. 왜군이 보낸 배는 노를 36개나 가진 고바야부네(小早船)로 급행 파발선이었다. 빠른 속도로 날아다닌다고 해서 히갹센(飛脚船)이라고도 불렀다.

이순신은 왜선의 잦은 출몰에 머지않아 큰 전투가 벌어질 것을 직감했다. 모든 전력을 다 모아 단판걸이로 승부를 내야 하는 건곤일척의 대혈투! 그 시각이 점점 다가오고 있었다.

이순신은 13척의 판옥선으로 전투를 치르려니 적이 걱정이 되지 않는 것은 아니었다. 그래서 이소격중(以小擊衆 작은 세력으로 강한 적을 대적함)의 전략을 구사하려고 다양한 진법도를 그려가며 갖은 구상을 다했다. 또 판옥선이 아무리 왜 군선에 비해 튼튼하다고는 하나, 다수의 적을 상대하려면 힘겨운 싸움이 되리라고 생각했다. 조선 수군은 왜군에 비교우위 무기인 총통을 잘 활용해야 했다.

'천자, 지자, 현자 총통은 우리가 가진 막강의 필살기다. 거기에 지형지물을 이용하면 승산이 있겠구나. 흠.'

이순신은 마음을 가다듬고 하루를 마감하는 일기를 찬찬히 써내려 갔다.

1597년 정유년 9월 14일 맑음.

"북풍이 크게 불었다. 벽파 건너편에서 연기가 올랐기에 배를 보내 실어오게 했더니 다름 아닌 탐망군관 임중형이었다. '적선 200여 척 중 55척이 이미 어란포에 들어왔다'고 했다. 아울러 적에게 사로잡혔다 도망쳐 온 김중걸이 전하는 말도 있었다. 포로가 된 김해 사람이 김중걸의 귀에 대고 몰래 말하기를 '왜놈들이 모여서 의논하는데 조선 수군 10여 척이 우리 배를 쫓아와 혹 사살하고 배를 불태웠으니 매우 통분한 일이다. 각처의 배를 불러 합세해서 모두 섬멸해야 한다. 그 후 곧장 경강(京江 한강)으로 올라가자고 했다'고 한다. 이 말을 모두 믿을 수는 없지만, 혹시나 그럴 가능성도 없지 않다고 생각되어 곧바로 전령선을 보내 피난민들에게 알아듣게 타이른 뒤 급히 육지로 올라가도록 하였다."

이순신은 다음날 밀물 때에 맞춰 장수들을 거느리고 해남 우수영 앞바다로 진을 옮겼다. 벽파정(진도)에서 우수영으로 가는 길목에 명량(鳴梁 울돌목) 협수로가 있었다. 이날 밤 신인(神人)이 꿈에 나타나 계시했다.

"이 장군, 명량(울돌목)을 잘 이용하라. 예로부터 울돌목의 물 울음

소리는 20여 리 바깥에서도 들릴 정도로 물결이 센 곳이다. 그곳의 지형을 잘 이용하면 반드시 승리할 것이다. 무운을 빈다."

이순신은 깜짝 놀라 잠에서 깼다. 그리고는 당장 배를 몰아 울돌목으로 나아가 그곳의 지형지물을 살폈다. 좁은 수로, 빠른 물살, 골바람과 암초 등 지형과 지세가 위험한 천험(天險)의 수로가 아닐 수 없었다.

"아하, 호리병의 목처럼 좁은 저 물길, 거품처럼 솟아오르는 소용돌이, 조류 때만 잘 맞춘다면 승산이 있을 것이다. 하늘은 아직 우리를 버리지 않았구나."

이순신은 참모들과 이야기를 나눈 뒤 모든 군사들을 집합시켜 일장 훈시를 했다.

"적들이 곧 쳐들어올 것이다. 병법에 필사즉생 필생즉사(必死則生 必生則死)라 했다. 필히 죽고자 하면 살고, 살고자 하면 죽는다는 말이다. 또 일부당경 족구천부(一夫當逕 足懼千夫)라 했는데, 한 명이 좁은 길목을 지키면 천 명도 두렵게 할 수 있다는 말이다. 이는 오늘의 우리를 두고 하는 말이다. 너희 장수들이 조금이라도 명령을 어긴다면 즉시 군율로 다스려 한 치도 용서치 않을 것이다. 모두들 약속할 수 있겠느냐."

"충(忠)! 장군님의 뜻을 따라 한목숨을 바쳐 나라와 백성을 구하겠습니다."

"됐다. 그런 결기를 가진다면 두려울 것이 없을 것이다."

이순신은 13척의 배로 대군을 맞이하려면 이소격중의 기습(奇襲) 전략을 구사하는 것이 제일이라는 것도 설파했다.

아니나 다를까. 9월 16일 아침 예상했던 것처럼 엄청난 수의 왜 군선이 바다를 까맣게 뒤덮었다. 물 때에 맞춰 이순신은 대나무 뗏목과 통나무를 조류에 실려 보냈다. 조선 수군은 판옥선 13척과 초탐선 32척이었지만 고기잡이 민간 포작선 100여 척을 멀찌감치 후방에 배치해 군세를 과시했다. 향토민과 피란민으로 이뤄진 의병(疑兵 적의 눈을 속이는 가짜 병력) 전술이었다.

이순신은 곧바로 여러 배에 명령하여 닻을 올리고 바다로 나가게 했다. 저 멀리 적선 130여 척이 닻을 내리고 서 있었다. 여러 장수들은 불리한 형세를 느끼고 회피할 꾀만 내고 있었다. 전라우수사 김억추가 탄 배는 이미 1마장(약 900m) 밖에 머물고 있었다. 이순신은 대장선의 노를 재촉하며 솔선수범했다. 앞으로 돌진하며 지자, 현자 총통을 이리저리 어지럽게 방포했다. 대소 장군전과 돌 탄환은 바람과 우레 같이 날아갔다. 탄환에 맞은 세키부네들은 여지없이 우지끈! 깨졌다. 왜군들이 비명을 지르며 무더기로 바다에 빠졌다. 조선 수군들은 배 위에 빽빽이 들어서서 불화살을 빗발처럼 난사했다. 우세한 무기로써 선수를 치는 공격이 최선의 방어책이었다.

"적선이 아무리 많아도 조금도 흔들리지 마라. 더욱 심력을 다해서 적을 쏴라."

아직까지 여러 장수들은 먼바다에 물러나 사태를 관망하고 있었다. 이순신은 급히 호각을 불게 하고 중군에게 명령하는 깃발을 세우고 또 초요기(招搖旗 장수를 부르는 깃발)를 올렸다. 만일 초요기를 보고도 움직이지 않으면 현장 지휘관의 판단 아래 목이 날라가는 사태가 빚어질 것이었다. 거제현령 안위의 배가 먼저 도착했다. 중군장

미조항 첨사 김응함의 배도 가까이 다가왔다.

"안위야, 군법에 죽고 싶으냐, 도망간들 어디 가서 살 것이냐."

이 말을 들은 안위는 황급히 적선 속으로 돌진하여 들어갔다.

이어 미조항 첨사 김응함에게도 소리높여 경고했다.

"너는 중군장이 되어서 멀리 피하고 대장을 구하지 않으니 그 죄를 어찌 피할 것이냐. 당장 처형하고 싶지만 적의 형세가 급하니 우선 공을 세우게 해 주겠다."

김응함의 판옥선도 적진으로 돌입했다. 두 배가 먼저 교전하고 있을 때 적장의 지시를 받은 왜군들이 일시에 안위의 배에 개미 떼처럼 달라붙어서 다투어 올라갔다. 안위의 군사들은 각기 죽을힘을 다해 능장(稜杖 몽둥이) 혹은 긴 창이나 반들거리는 수마석 덩어리로 무수히 내리쳤다.

배 위의 군사들이 거의 힘이 다하자 이순신의 장군선이 뱃머리를 돌려 곧장 쳐들어가서 빗발치듯 화살을 난사했다. 적선 3척이 거의 뒤집혔을 때 녹도만호 송여종과 평산포 대장 정응두의 배가 잇달아 와서 협력하기 시작했다. 갑자기 일진광풍이 몰아친 바다는 총통과 조총의 잇따른 총성, 군사들의 함성으로 아수라장이 되고 말았다. 바다는 점차 핏빛으로 변해갔다.

"장군님! 저 무늬 놓은 비단옷 입은 자가 바로 안골진에 있던 적장 마다시(馬多時)입니다."

장군선에 탔던 항왜(降倭 항복한 왜군) 준사가 소리를 질렀다.

이순신은 적장을 향해 집중사격할 것을 명령했다. 화살 20여 대를 맞고서야 마다시는 바다로 떨어졌다. 이순신은 무상(無上 돛잡이) 김

돌손을 시켜 갈퀴로 마다시를 낚아 뱃머리에 올리게 하고 바로 시체를 토막 내 머리를 꼬챙이에 꿰어 세우니 적의 기세가 크게 꺾였다.

참수당한 적장 마다시는 세토내해 해적 출신 구루시마 미치후사(來島通總)였다. 구루시마 외에 아다케부네(대장선)에 탄 왜 수군장들은 주요 표적이 되어 온몸에 수십 발의 화살이 꽂혔다.

초전박살! 기세가 오른 장졸들은 스스로 분발하여 힘과 용기를 내뿜기 시작했다. 애초 이 전투에 참전한 군사들은 두 달 전 칠천량해전에서 끔찍한 참상을 경험한 패잔병들이 대부분이었다. 이순신은 전투대형으로 전열을 정비했다.

13척의 판옥선으로 좁은 물목을 따라 일자진(一字陣)을 펴고 "쾅! 쾅! 쾅!" 천자, 지자총통을 연달아 작열시키자 아타케부네와 세키부네는 맥없이 격파됐다. 불화살을 맞은 왜선들은 검붉은 화염에 휩싸여 검은 연기를 뿜으며 서서히 가라앉았다. 왜군들은 추풍낙엽처럼 바다로 떨어졌다. 아악! 아비규환의 지옥도가 따로 없었다.

좁은 물목을 이용한 이순신의 외나무다리 전법이 주효했다. 아무리 수적으로 많아도 외나무다리를 통과할 수 있는 적선의 수는 제한되었다. 오후에 조류가 남동류로 바뀌자 적선은 떠내려갈 듯 밀리기 시작했다. 이 틈을 탄 조선 수군은 천자총통에서 대장군전을 연달아 방포했다. 쾅과광! 탕! 탕! 총통과 조총의 교차 폭발음으로 땅끝의 산천은 요동쳤다. 왜선 31척이 격파되자 후미에 있던 수백 척의 왜 군선이 도망가기 시작했다. 바다는 전사자들의 주검과 통나무, 청죽(靑竹) 다발, 밧줄 등 부유물로 어지럽게 뒤덮였다.

"와와와, 왜군이 물러간다. 우리가 이겼다!" "이순신 장군 만세!"

"그래 고생들 많았다. 우리가 이겼다!"

군졸들은 오랫동안 목청이 터져라 승리의 함성을 질러댔다. 이순신도 이마의 땀을 닦으면서 군졸들에게 화답했다. 이어 온갖 감회에 만감이 교차하는 듯 한동안 눈을 지그시 감고 있었다. 그날 밤 집필묵을 꺼내 "이번 전투는 참으로 천행(天幸)이었다"고 일기에 남겼다.

다음날 어제의 전투 경과를 복기해보니 참으로 천행이 맞았다. 조선 수군은 전라우수사 김억추, 미조항첨사 김응함, 녹도만호 송여종, 영등포만호 조계종, 강진현감 이극신, 거제현령 안위, 평산포대장 정응두, 순천감목관 김탁 등 1000여 명이었고 왜 수군은 도도 다카토라(藤堂高虎), 가토 요시아키(加藤嘉明), 와키자카 야스하루(脇坂安治), 구루시마 미치후사 등 1만 4000여 명이었다. 전투 결과 판옥선은 단 한 척도 피해를 입지 않았다. 수군 1000여 명 중 순천감목관 김탁, 우수영 노비 계생은 전사했고 강진현감 이극신과 박영남, 봉학 등은 부상했다. 왜 수군은 133척 가운데 선발대 31척이 모두 분멸됐다. 왜군 1만 4000여 명 가운데 해적 출신 구루시마는 사망했고 도도 다카토라는 중상을 입었다. 왜군 사상자는 2000여 명에 이르렀다. 완벽한 승리였다.

"으음, 왜군 시신은 수습해서 잘 묻어주거라. 비록 적군이지만 고향을 떠나온 불쌍한 고혼들이다."

이순신은 해상 의병들에게 이 같은 지시를 하고 뱃머리를 서해로 돌렸다. 왜군의 기습을 우려해서 달빛을 받으며 밤에만 이동했다. 신안 당사도에서 하룻밤을 지낸 뒤 다음날 어의도에 이르렀을 때 수많은 피난민들의 배가 정박하고 있었다.

"장군님 만세! 이자 우린 살아부렀당께로. 감사합니다요."

피난민들은 왜군을 물리친 이순신 수군에게 환호하며 감사를 표했다. 수군은 다음 날 아침 일찍 영광 칠산도를 거쳐 서해를 타고 북상하고 있었다. 부안 고참도에도 피난민들의 배가 무수히 정박하고 있었다. 고군산도에 도착한 날 밤에 긴장이 풀린 탓일까 이순신은 끙끙 앓으면서 식은땀으로 온몸을 적셨다. 겨우 기력을 회복한 이순신은 명량 승첩을 왕에게 전하러 가는 전령 송한과 큰아들 회를 배웅했다.

'아, 어찌 가슴이 이리도 아리고 쓰리단 말인가.'

이순신은 그즈음 토사곽란으로 고생을 한 탓도 있지만 고단한 지난날들이 떠올라 심사가 복잡했다. 배 위에 홀로 서서 상념과 회한에 싸인 듯 한참 동안 바다를 바라보고 있었다. 조금만 더 올라가면 아산이고 좀 더 올라가면 강화, 한강, 도성이 될 터였다.

이순신의 항명
"광화문으로 진격하라"

이놈 저놈 앞다퉈 고혈을 짜니…
더는 참을 방도가 없다

18

왜놈 얼레빗 되놈 참빗

1594년 갑오년부터 3년여 기간은 명·일의 강화교섭으로 휴전 중이었다. 남해안 각 왜성의 다이묘(大名)들은 다도회를 열어 차를 마시고 공놀이와 일본·중국의 볼거리 공연, 마술 등 유희를 즐기면서 유유자적했다.

명나라는 항왜원조(抗倭援朝), 왜군을 막고 조선을 돕는다는 기치 아래 제후국인 조선에 와서 온갖 갑질과 만행을 일삼았다. 중화를 앞세워 천자의 나라입네 하면서 주변국을 동이, 서융, 남만, 북적으로 나눠 발아래 오랑캐 취급을 했다.

조선·일본·여진 등이 동쪽 오랑캐인 동이에 속했다. 명나라는 번방인 조선을 구원해준 은혜, 재조지은(再造之恩)을 강조하면서 내정 간섭은 물론 군사와 백성들에게 포악한 짓을 서슴지 않았다. 점령군 행세를 하면서 무고한 인명살상, 부녀자 겁탈, 소·돼지·닭 등을 마구 잡아먹었다. 정작 불의한 왜군 침략군보다 원군(援軍)인 명군의 행패가 심해 도대체 그 음흉한 속내를 헤아리기가 여간 어려운 게 아니었다. 얼굴은 두꺼워 철면피했고 속은 검어서 그 꿍꿍이속을 알 수 없는 후흑(厚黑)의 민낯을 적나라하게 드러냈다.

하루는 중국 사신이 영의정 류성룡에게 "조선 백성들이 '왜놈은 얼레빗, 때놈은 참빗'이라고 한다던데 그게 사실이냐"고 물었다. 빗살이 굵고 성긴 얼레빗에 비해 대나무 참빗은 무척 가늘고 촘촘하여 한 번 빗으면 남는 게 없어 명군의 수탈이 심했다는 이야기다.

"그 말은 전쟁통에 민간에서 만들어진 것이므로 괘념치 마세요."

"허허, 배은망덕도 유분수지, 우리 대명(大明)은 목숨을 걸고 소방(小邦 작은 나라)을 돕고 있는데, 어디서 그따위 불경한 말을 입에 담는다는 말인가."

"제가 대신 사과하겠습니다. 대인께서도 노여움을 푸시지요."

"내 돌아가면 황상께 무엄한 작태를 고해 올릴 것이요. 근데 영상! 선물은 준비해놨소?"

"아 예, 은과 인삼 등 적어주신 대로 다 챙겼습니다."

"허어, 빠진 게 하나 있네그래. 이쁜 조선 여자는 왜 빠트렸소?"

"……."

빗에 대한 해학시인 '영소(詠梳)'가 유몽인의 '어우야담'에 남아 있다.

"얼레빗으로 먼저 빗고, 다음에 참빗으로 빗어내니/ 얽힌 머리카락이 정리되면서 숨었던 이가 다 떨어지네/ 어찌해야 천만 척 되는 큰 빗을 구하여/ 백성 머릿속에 숨어있는 몹쓸 이를 모두 없앨까."

권력에 기생하여 위로 아부하고 아래로 군림하여, 백성의 고혈을 짜내는 간악한 관리를 슬관(蝨官)이라고 한다. 이를 뜻하는 슬(蝨)은 탐욕 많고 부정을 일삼는 벼슬아치나 방납업자 같은 공적(公賊)을 이르는 말이다. 명나라 사신도 슬관과 다름없었다.

백성들은 평시에는 향토 아전(衙前)들에게 녹초가 되다가 전쟁이 터지자 왜군과 명군에게 싹쓸이를 당하는 내우외환에 신음했다. 당시 전염병과 기아에 시달리던 백성들은 왜군이 지나간 곳에서는 그나마 먹을 것을 조금이라도 찾을 수 있었지만, 명군이 다녀간 곳은 온통 쑥대밭이 됐다. 아녀자 겁탈은 다반사였고, 금은비녀, 반지 탈취에 식량, 이불, 옷가지, 세숫대야, 사발, 숟가락, 젓가락 등 온갖 생필품을 다 빼앗겼다.

그러니 "왜놈은 얼레빗이요, 되놈은 참빗이라"는 말이 발이 없어도 천리를 돌아다녔다.

명군이 조선군을 학대하고 무지막지하게 대하기 시작한 것은 1593년 4월 8일 일본과 용산 강화회담 직후부터였다. 명군은 조선군이 왜군을 공격하기만 하면 위아래를 막론하고 잡아가서 패고 짓누르는 등 온갖 패악질을 일삼았다. 때리는 시어미보다 말리는 시누이가 더 미운 상황이었다.

1594년 3월 7일 명나라 선유도사 담종인(譚宗仁)이 이순신에게 보낸 '금토패문(禁討牌文)'이 대표적이다. 담 도사는 명 황제의 이름을 빌어 "조선군은 왜군에게 시비를 걸지 말고, 군대를 모두 해체하고 집으로 돌려보내라"는 해괴망측한 명령서를 보내왔다. 이에 이순신은 아무리 명 황제의 명령이라지만 어처구니없는 황당한 지시에 반발해 즉각 답장을 보냈다.

"불의에 항거해 우리 땅을 지키려는 것이 무슨 잘못입니까. 왜군들은 여전히 바닷가에 진을 치고 사람을 죽이고 재물을 약탈하고 있습니다. 이 마당에 군대를 해산시키라니 황당하기 그지없습니다. 도저히 받아들이기 어렵습니다."

이순신은 말도 안 되는 어불성설에 분노했다. 담 도사가 면전에 있었다면 분노한 두 자루의 칼이 어떻게 칼춤을 추었을지 상상하기 어렵지 않았다.

왜군은 남해안 일대에 성을 쌓고 웅거하면서 유화책의 하나로 조선인 부역자에게 노임을 주면서 농사를 짓게 하거나 물고기를 잡아먹었다. 그러나 명군은 조선 조정이 대주는 식량과 마초가 부족하다는 이유로 백성들의 목구멍에 풀칠할 땟거리마저 빼앗아 갔다. 그야말로 벼룩의 간을 빼먹는 격이었다. 따라서 백성들에게 직접적인 피해를 더 많이 준 쪽은 왜군보다 명군이었다. 오히려 왜군은 점령지에서 민사(民事) 활동 중의 하나로 쌀과 잡곡을 나눠주어 백성의 환심을 사기도 했다. 다이묘들은 면사첩(免死帖 죽이지 말라는 증명서)을 나눠주어 농사나 고기잡이를 하는 조선 백성들의 신변을 보장해주기도 했다. 그러니 현지 백성들은 왕보다 다이묘들을 더 믿고 따랐다.

"그저 먹을 거 주는 놈이 진짜 우리 왕인기라. 북쪽 임금에게 좁쌀 한 톨 얻어 묵은 사람 있나? 없다 아이가."

"하므, 당장 목구멍에 풀칠이라도 할라믄 왜군에게 붙을 수밖에 없다카이. 암."

명나라 사신들의 횡포는 이루 말할 수 없었다. 걸핏하면 재조지은을 들먹이며 내정간섭은 물론 온갖 뇌물을 요구했다. 15~16세기 중반 명나라는 조선인 출신 환관(宦官)을 사신으로 보냈는데 왕은 천자(天子)가 보낸 귀빈이라고 해서 영은문까지 거둥해서 먼저 읍(揖 인사의 예법)하고 절을 했다. 그러니 사신들의 눈에 일개 신하 따위는 사람으로 보이지 않아 안하무인 고자세를 취했다.

정승급 조정 신료들은 사신 일행의 시중을 드는 접반사(接伴使) 역할을 맡았다. 특히 조선 출신 환관 사신들은 은을 좋아해 한 번에 수만 냥씩 거둬가 조정의 재정을 휘청거리게 만들었다. 모두가 백성의 고혈(膏血)을 빠는 약탈행위였다.

1602년 명의 황태자 책봉 사실을 반포하러 왔던 사신 고천준과 최정건의 탐욕과 횡포는 극에 달했다. 윤국형이 남긴 '갑진만록'에는 다음과 같이 기록되었다.

"고천준의 탐욕은 비길 데가 없어 궁중과 군대의 작은 물건들까지 모두 내다 팔아 은으로 바꾸었다. 말을 더하면 입이 더러워질 뿐이다."

선조실록에도 비슷한 내용이 있다.

"의주에서 한성에 이르는 수천 리에 은과 인삼이 한 줌도 남지 않았고, 조선 전체가 전쟁을 치르는 것 같았다. 서방(평안도와 황해도)의 민력이 다해져 나라의 근본이 뿌리 뽑혀 근근이 지내왔다."

전쟁 이듬해인 1593년 4월 20일 왜군은 한양에서 철수해서 남쪽으로 내려갔고 명군이 그 자리를 차지했다. 이즈음 야불수(夜不收 정찰병) 두 명이 와서 파주에 주둔하고 있던 도원수 권율을 붙잡아갔다. 두 달 전 행주산성에서 왜군의 공격을 막아내 행주대첩을 이뤘는데 명나라의 허가를 받지 않고 왜군과 전투를 벌였다는 이유였다. 권율은 제독 이여송 앞으로 끌려갔다. 이여송은 힐문하고 따져 물었다. 참으로 기가 막히는 일이 벌어진 것이었다.

"왜군에게 시비를 걸지 말라 했거늘, 왜 전투까지 했소?"

"대인! 불의하게 침범한 놈들을 치는 게 뭐가 잘못됐소?"

"지금은 강화회담 중이란 말이오! 조선 놈들은 맞아야 말을 듣는

족속인가?"

　다음날 순변사 이빈과 방어사 고언백이 류성룡에게 급보를 전했다. 명군이 한강 변에 벌려 서서 순변사 이빈의 중위장 변양준의 목에 쇠사슬을 매어 땅바닥에 끌고 다녀 입에서 피를 토하게 했다는 것이다. 이빈도 구속하여 강변에 붙들어놓고 고언백도 명군 총병 사대수(査大受)가 불러 화를 내고 트집을 잡으며 꾸짖으며 구속했다는 것이다. 심지어 류성룡의 군관 이충도 왜군을 사살했다고 해서 사대수에게 얻어맞아 중상했다고 전했다.

　진린(陳璘)은 포악하기 짝이 없었다. 1598년 사로병진작전에 따라 수로군(水路軍) 대장이 된 진린은 그해 7월 16일 고금도에 도착하여 이순신의 수군과 합류했다. 이순신의 수군은 덕동에, 진린의 수군은 그 바로 옆 묘당도에 자리 잡았다. 진린의 임무는 수군통제사 이순신과 함께 서로군 대장 유정(劉綖) 제독, 도원수 권율의 육군과 연합하여 순천왜성에 웅거하고 있던 고니시 유키나가(小西行長)를 사로잡는 것이었다.

　포학한 성품의 진린을 두고 류성룡은 '징비록'에서 소회를 밝혔다.

　"상(上 임금)이 청파까지 나와서 진린을 전송하였다. 진린의 군사가 수령을 때리고 욕하기를 함부로 하고 노끈으로 찰방 이상규의 목을 매어 끌어서 얼굴에 피투성이가 된 것을 보고 역관(譯官)을 시켜 말렸으나 듣지 않았다. 나는 곁에 있던 재상들에게 '안타깝게도 이순신의 군사가 장차 패하겠구나.' 진린과 함께 군중에 있으면 행동에 견제를 당할 것이고 또 의견이 서로 맞지 않아 반드시 장수의 권한을 빼앗고 군사들을 학대할 것이다. 이것을 제지하면 더욱 화를 낼 것이고 그대로 두면 한정이 없을 것이다."

진린이 원리원칙의 깐깐한 이순신과 함께 진영에서 작전을 수립한다면 분명히 마찰이 벌어질 가능성이 농후했다. 그러나 이순신은 자신을 버리고 대의를 따르는 멸사봉공(滅私奉公)의 낮은 자세를 취했다. 일단 나라를 살리고 보자는 대의에 따른 처사였다.

이충무공전서(권9)의 기록이다.

"7월 16일 진린이 고금도에 도착한다는 소식을 접한 장군은 조선 수군의 선단을 이끌고 먼바다까지 나가서 진린의 수군을 안내했다. 그리고 술과 안주를 성대히 마련하여 구원군에 대한 감사의 표시를 했다. 호의를 받은 진린은 '이순신이 과연 훌륭한 장수로다'라며 감탄했다."

그런데 진린이 고금도에 내려온 지 3일 만에 벌어진 절이도 해전에서 그 본색이 나왔다.

이순신은 전투상황을 담은 장계를 왕에게 올렸다.

선조실록 1598년 8월 13일자 기사다.

"지난번 해전에서 아군이 총포를 일제히 발사하여 적선을 쳐부수자 적의 시체가 바다에 가득했는데 급한 나머지 끌어다 수급을 다 베지 못하고 70여 급만 베었습니다. 명나라 군대는 멀리서 적선을 바라보고는 먼바다로 피해 들어가 하나도 포획하지 못했습니다. 그러다가 우리 군사들이 참획한 수급을 보고 진(陳) 도독이 뱃전에 서서 발을 동동 구르면서 그 부하를 꾸짖어 물리쳤습니다. 게다가 신 등에게 공갈 협박을 가하여 못하는 짓이 없었습니다. 신이 마지못해 40여 급을 나눠 보냈습니다. 계유격(季遊擊)에게도 5급을 보냈습니다."

당시 '천군(天軍)'이라는 명나라 원군이 전투에 참가하지도 않고 소국의 전과를 탈취하는 것은 비일비재한 일이었다. 심지어 죽은 백성의 수급을 모아 전공으로 보고하기도 했다.

"진 도독은 명나라 대장으로 와서 왜적들을 무찌르는 것입니다. 따라서 이 모든 승첩은 바로 대감의 것입니다. 하여 우리가 베어온 적의 머리를 대감께 드리는 것이니 황제께 이 공을 아뢴다면 얼마나 좋아하시겠습니까."

"하하하, 내가 본국에서부터 장군의 이름을 많이 들었는데 과연 허명(虛名)이 아니었소."

진린은 흡족한 듯 크게 기뻐하며 이순신의 손을 꽉 잡았다. 그날 종일토록 취하며 즐거워했다. 녹도 만호 송여종은 이순신에게 불만을 털어놓았다.

"장군, 어찌 우리의 군공을 저들에게 돌린다는 말입니까."

"아니다. 너의 공은 장계에 별도로 적어놨으니 걱정하지 마라."

"그래도 이건 아닙니다. 우리는 목숨을 걸고 전투를 하는데 저들은 실력도 없으면서 군공만 쟁취하려 합니다."

"음, 난들 모르겠느냐. 앞으로 큰 전투가 벌어질 때를 대비해서 일단 저들을 회유해둘 필요가 있을 것이다."

이순신의 고금도 진영 군사 수가 무려 8000여 명까지 늘어났다. 전선도 70여 척이 되었다. 진린 수군 5000여 명이 합쳐졌고 피난민 수만 명이 몰려들었다. 섬 안의 시장은 한산도 때보다 더욱 성시를 이뤘고 굴뚝의 연기가 여기저기서 모락모락 피워 올랐다. 이순신은 초가 움막 수백 채를 지어 백성들의 곡식, 물고기 등을 받고 팔았다.

이렇게 물물거래가 성행하며 섬 안의 경기가 활기를 띠자 명나라 군사들의 약탈 또한 기승을 부렸다.

고금도에서 명군의 행패가 심해지자 이순신은 최후통첩을 했다.

"우리 작은 나라 군사와 백성들은 명나라 장수를 부모를 기다리듯 했는데, 오히려 귀국의 군사들은 행패와 약탈을 일삼고 있으니 백성들은 도저히 견딜 수 없어 모두 피난 가려 합니다. 나도 떠나가렵니다."

진린은 깜짝 놀라 이순신을 만류했다.

"명 군사들이 나를 속국의 장수라 하여 조금도 거리낌이 없습니다. 그러니 내게 처벌할 수 있는 권한을 허락해준다면 서로 보존할 도리가 있지 않겠습니까."

진린은 잠시 생각하다가 마지못해 승낙했다. 명군의 처벌권을 가진 이순신은 범법자를 가차 없이 다스렸다. 명군들은 이순신을 자신들의 상관인 진린보다 더 무섭게 알아 모셨다. 그러니 백성들 또한 편해졌다. 이순신은 미구에 들이닥칠 왜군과의 전투에 대비해 명실상부한 연합작전의 수행을 위해서 진린의 마음을 살 필요가 있었다. 그래서 술을 좋아하는 진린을 위해 주연을 자주 베풀었다.

1598년 9월 15일 맑음.

"명나라 도독 진린과 함께 일시에 군대를 움직여 나로도(흥양)에서 잤다."

나로도에 머물면서 술자리를 여러 차례 했고 왜군에게 노획한 전리품을 바치기도 했다. 이순신의 진충보국하는 모습에 감동한 진린은 이순신을 부를 때 '이야(李爺)'라는 존칭을 붙였다.

"이야 같은 장수가 조선에 있는 게 아깝소. 전란이 끝나면 여진족을 퇴치하는데 도와주시오. 내 친히 황제께 보고하리다.”

“제가 어찌 명나라 장수가 된다는 말입니까. 그건 아니 될 말씀이오.”

“아니 대명의 장수가 되는 건 최고로 명예로운 일이요. 아무나 되는 게 아니란 말입니다.”

“지금은 당장 눈앞의 왜적을 물리치는 게 급선무입니다.”

“그깟 왜적은 이야가 알아서 처리하면 되는 일이요. 오로지 내 관심은 이야 같은 훌륭한 사람이야말로 대명의 황제를 위하여 충성해야 한다는 것이오.”

“허…. 이런.”

진린은 이순신의 탁월한 전투 수행능력과 군사 관리, 게다가 피난민 구휼에도 성심을 다하는 모습이 몹시 부러웠다. 며칠 후 진린은 황제에게 이순신의 군공과 인품을 아뢰는 편지를 써서 올렸다. 이순신은 두 주먹을 불끈 쥐고서 먼 하늘을 바라보고 있었다.

이순신의 항명
"광화문으로 진격하라"

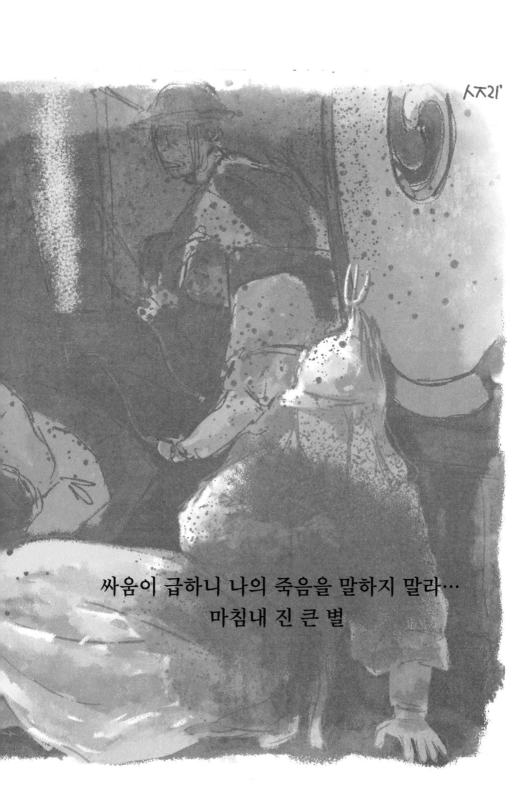

싸움이 급하니 나의 죽음을 말하지 말라…
마침내 진 큰 별

19

노량 앞바다의 혈투

1598년 8월 명나라 병부상서(국방장관) 겸 총독군무 형개(邢玠)가 조선으로 건너왔다. 곧바로 사로병진책을 실시했다.

육군을 전라도 방면의 서로, 경상우도의 중로, 경상좌도의 동로 등 세 갈래로 나누고 여기에 수로군을 편성하여 네 갈래로 왜군을 총공격하는 대작전이었다. 8월 18일 육군은 한성을 출발했고 진린(陳璘)이 맡은 수군은 이보다 앞선 7월 16일 충청도에서 서해로 남하하여 완도 옆 고금도의 이순신 진영에 합류했다.

동로군 총병관 마귀(麻貴)는 경주에서 조선군 선거이와 합류하여 울산왜성의 가토 기요마사(加藤淸正)를 쳤는데 고전 끝에 패배했다. 중로군 제독 동일원(董一元)은 정기룡과 함께 사천의 시마즈 요시히로(島津義弘)를 공격했으나 3000여 명의 전사자를 내고 패했다. 서로군 제독 유정(劉綎)은 전주에서 권율과 합류하여 순천의 고니시 유키나가(小西行長)를 치는 전략이었다. 수로군 진린은 이순신과 연합해서 제해권을 확보하는 것이었다.

명나라는 1596년 말, 명과 일본의 오랜 강화협상이 깨지고 1597년 2월 왜군이 재침함으로써 바짝 긴장하지 않을 수 없었다. 지정학적으로 명나라는 조선이 없으면 당장 왜군의 공격을 받을 수밖에 없는 지경이다. 입술이 없으면 이가 시린 순망치한(脣亡齒寒)의 밀접한 관계였다.

마침내 동북아 7년 전쟁을 끝마칠 중대한 일이 발생했다. 1598년 8월 18일 도요토미 히데요시(豊臣秀吉)가 교토 후시미성에서 63세를 일기로 파란만장한 삶을 마감했다. 정명가도(征明假道)! 명나라를 치러갈 테니 길을 빌려달라며 조선을 침공한 자칭 '태양의 아들' 히데요시가 죽음으로써 동북아 정세가 급변했다. 죽음을 직감한 그는 인생무상의 허무함을 담은 소회를 사세구(辭世句 임종시)로 남겼다.

"이슬처럼 떨어져 이슬처럼 사라지는 내 몸이구나! 나니와(難波 오사카의 옛 지명)의 일은 꿈속의 또 꿈이었도다!"

일본 통일을 이루고 조선 8도를 쑥대밭으로 만든 그의 인생도 여느 삶과 다르지 않았다. 불가의 윤회설을 빌리자면, 생과 사는 서로 양면에 붙어 있는 한시적 현상일 뿐이다. 그중 하나가 떨어져 나간 것이다.

항왜원조(抗倭援朝)의 기치 아래 출병한 명나라는 7년 전란과 환관의 난, 농민반란 등 내우외환을 겪으며 국력이 나날이 쇠락해갔다. 만주의 누루하치는 6개 여진 부족을 통합하고 호시탐탐 중원을 노리다가 1644년 드디어 '종이호랑이' 명나라의 명줄을 끊어버렸다. 후금을 세운 여진족은 정묘호란을 일으켰다. 또 청(淸)으로 국호를 바꾼 뒤 병자호란을 일으켜 조선을 침탈했다. 이후 조선은 청나라의 속국(屬國)으로 200여 년 동안 갖은 약탈과 멸시를 받았다.

히데요시 사후 천하의 실력자가 된 도쿠가와 이에야스(德川家康)

는 대로회(大老會)에서 히데요시의 사망을 공식 선포하고 조선에 출병한 왜군의 철수를 명령했다.

7년 전쟁의 대미를 장식할 최종 결전인 노량해전이 시나브로 다가오고 있었다. 전라도 유일의 왜성인 예교(曳橋 순천왜성)에 갇힌 고니시는 고립무원에 빠졌다. 겨울 추위가 엄습한 가운데 육지와 바다에서 수륙협공을 받고 있던 터라 농성군 1만 5000여 명은 식량과 의복 등 군수물자를 제대로 보급받을 수 없었다. 홑겹 고쟁이를 입은 군사들은 매서운 조선의 칼바람 추위에 동상(凍傷)으로 수없이 쓰러졌다.

이순신과 진린의 조명연합군은 10월 2일부터 광양만 장도에 주둔하면서 나흘 동안 예교의 고니시군을 맹공격했다. 이때 명나라 사선, 호선 등 주력선 39척이 불에 타는 피해를 입었다. 또 부총병 등자룡의 배에서 화약이 터져 불이 났고, 진린 또한 썰물에 배가 모래톱에 걸려 이순신에 의해 구사일생으로 살아났다. 이 전투에서 제포만호 주의수, 사량만호 김성옥, 해남현감 유형, 진도군수 선의문, 강진현감 송상보 등 5명이 조총에 부상을 입었고, 사도첨사 황세득과 군관 이청일 및 수군 29명이 전사했다. 봉쇄망을 뚫으려는 고니시군의 저항은 필사적이었다.

서로군 유정은 종전으로 치닫는 상황에서 전투를 회피하면서 수수방관했다. 고니시로부터 뇌물을 받아, 꿩 먹고 알 먹는 일석이조를 즐기다가 끝내 종전이 눈앞에 왔다는 핑계를 대고 철수하고 말았다.

하루가 다르게 속이 바싹바싹 타들어 가는 고니시는 편지와 함께 부하 8명을 진린에게 보내 금은보화, 돼지와 술, 조선군 수급(首級) 등 뇌물을 바치며 도망갈 길을 터 달라며 애원했다.

"나는 관백 히데요시가 돌아가신 마당에 더이상 명나라와 싸울 뜻이 없습니다. 다만 내가 일본으로 돌아가려는데 이곳 왜성에서 나가는 길을 열어주시오. 또 이순신을 잘 설득해주시오." 진린은 손쉬운 전공을 세우려는 탐욕을 가졌으나 이순신의 강경한 반대에 부딪혔다.

"병법에 궁서물박(窮鼠勿迫)이라 했소. 쫓기는 쥐는 더이상 뒤쫓지 말라는 뜻이 아니겠소? 이제 나도 지친 몸을 편히 뉘고 싶소이다."

"아니 됩니다. 7년 전쟁으로 조선 강토는 시체가 산을 이루고 피가 냇물처럼 흘렀습니다. 편범불반(片帆不返)! 단 한 척의 왜선도 그냥 보낼 수 없습니다."

"허허, 그 고집! 이야(李爺)도 이제 고향으로 돌아가 음풍농월해야 할 나이가 아니오. 인생은 짧습니다그려."

기회를 엿보던 고니시는 진린의 묵인 아래 소형 탐망선을 띄워 사천의 시마즈에게 구원을 요청했다. 시마즈는 즉각 부산포와 고성, 남해 왜성의 다이묘들에게 연통을 돌렸다. 고니시를 압박하고 있던 이순신은 왜군 대선단이 노량으로 집결할 것이라는 첩보에 따라 조명 연합군을 노량목으로 이동시켰다.

음력 11월 18일 운명의 날이 다가왔다. 동짓달 바닷바람은 유난히 매웠다. 가없이 펼쳐진 회색 바다에 출렁이는 파도 소리는 한없이 을씨년스러웠다. 점점이 박힌 섬들 뒤에서 적선이 한꺼번에 떼로 몰려들 것 같은 공포감이 밀려왔다. 이날 밤 자정에 이순신은 문득 대야에 깨끗한 물을 떠와 손을 씻었다. 그리고 혼자 갑판 위로 올라가 무릎을 꿇고 천지신명께 빌었다.

"천지신명님이시여, 이 원수를 무찌른다면 지금 죽어도 여한이 없겠나이다."

마침 검은 하늘에서 긴꼬리를 그으며 밝은 별 하나가 바다로 떨어졌다.

'아, 저 별이 제갈공명이 말한 그 정승별이란 말인가. 음.'

오래전부터 혜성이 정승별을 침범하면 운명이 다해 끝난다는 속설이 있었다. 이순신은 칠흑 같은 바다를 바라보며 두 손을 맞잡고 사생결단의 의지를 다졌다.

고니시의 구출작전에 나선 왜 수군은 시마즈 요시히로를 비롯해 고성의 다치바나 무네시게(立花宗盛), 창선도의 소 요시토시(宗義智 고니시의 사위), 부산의 데라자와 히로다카(寺澤廣高), 다카하시 나오츠쿠(高橋直次) 등으로 300척 규모의 대선단을 이루었다.

이들은 18일 밤 창선도와 사천 선창에 집결하여 해로 100리 길인 순천왜성으로 향했다. 항해 도중 요충지인 노량목에서 양측이 맞부딪쳤다. 진린의 명수군은 사선 25척, 호선 77척, 비해선 17척, 잔선 9척 등 모두 128척이었다. 그런데 주로 화물을 실어나르던 사선과 호선은 판옥선에 비해 작고 약해서 배 위에서 호준포(虎蹲砲)를 쏘기가 어려웠다. 이순신은 진린과 등자룡에게 판옥선을 빌려주어 지휘케 했다. 총통이 장착된 조선의 70여 척 판옥선에는 잘 훈련된 정예 장졸들이 타고 있었다.

양측은 일패도지(一敗塗地)의 참패를 피하려는 듯 각각 예리한 창과 두꺼운 방패를 앞세워 살기등등한 기세로 한판 자웅을 겨뤘다. 먼저 조선 수군이 자랑하는 천자, 지자, 현자총통이 불을 뿜자 이에 맞선 왜군은 조총으로 응사했으나 사정거리(100m 정도)와 유효사거리(50m) 가 짧아 위협적이지 못했다. 펑! 펑! 펑! 탕! 탕! 탕! 고막을 찢는 굉음으로 산천초목이 울렸다. 물기둥이 여기저기서 치솟았다. 화약 냄새가 진동했고 검붉은 연기가 피어올랐다. 병사들의 함성과 북, 징소리, 수장되는 군사들의 비명으로 바닷물은 붉게 출렁거렸다. 이 혈투에서 낙안군수 방덕룡, 가리포첨사 이영남과 명 부총병 등자룡도 조총 탄환을 맞고 전사했다.

19일 새벽녘 싸움은 막바지에 이르렀다. 왜 군선 150여 척이 파손되어 패색이 짙어지자 총대장 시마즈는 잔선 150여 척을 이끌고 퇴각하기 시작했다. 패잔선들이 겨우 길을 잡아 남해 관음포 쪽으로 달아났다.

"앗! 막힌 곳이다. 후퇴! 후퇴하라!"

시마즈군은 해무가 짙어 앞을 분간하기 어려운 상황에서 관음포의 움푹 패인 항아리 속으로 들어갔다.

이순신은 이때다 싶어 더욱 몰아붙였다.

"총통을 방포하라!"

"불화살을 쏘고 또 쏘아라!"

독 안에 든 쥐가 된 시마즈군은 필사적으로 탈출을 감행했다. 시마즈가 배에서 떨어지자 다치바나 무네시게가 간신히 구조했다. 피아 간 혼전 상황에서 이순신을 겨냥해 한동안 조준하던 왜군 저격수의 조총 6방이 작렬했다.

탕! 탕! 탕! 탕! 탕! 탕!

순간 움찔한 이순신은 피탄 사실을 모른 채 독전고를 계속 치며 외쳤다.

"배 한 척도 놓치지 말라! 총통과 불화살을 쏴라!"

그때 곁에서 활을 쏘던 큰아들 회가 아버지 가슴에서 피가 솟는 것을 보고 놀라 소리를 질렀다.

"아버님! 괜찮으십니까."

주변에 있던 조카 이완과 군관 송희립이 달려왔다.

이순신의 왼쪽 가슴팍에서 선혈이 분수처럼 뿜어져 나왔다. 치명상이었다.

창졸한 가운데 당한 일이라 모두들 아연실색한 채 어찌할 바를 몰랐다. 놀란 몸종 김이(金伊)가 입술을 깨물고 소리 죽여 울음을 삼켰다.

"아버님!" "장군님!" "장군님!"

아들 회는 엉겁결에 아아악! 하고 비명을 질렀다. 그러자 송희립이 간곡하게 만류했다.

송 군관은 급히 여종 김이에게 지혈을 할 천을 가져오라고 한 뒤 이순신이 잡았던 북채를 들고 독전고를 둥! 둥! 둥! 울렸다.

"결국 일이 이렇게 되다니! 참담하기 짝이 없구나!"

아들 회와 조카 완은 터져 나오는 울음을 겨우 참으면서 울분과 탄식을 쏟아냈다.

스르르 바닥에 주저앉은 이순신은 가쁜 숨을 몰아쉬면서 힘겹게 입술을 움직였다.

"회냐? 으음. 싸움이 한창 급하니 나의 죽음을 알리지 마라."

마지막 유언이 나직이 있었고 못다 한 한이 있는지 이순신은 눈을 감지 못했다. 향년 54세였다. 군인으로 산 22년 동안 두 번의 백의종군과 세 번의 파직을 당한 파란만장한 삶이었다.

몸에서 이탈한 유체는 하얀 올챙이 모양으로 떠올라 천천히 수평선 너머로 안개처럼 사라져갔다. 그때 불가사의한 현상이 빚어졌다. 대성운해(大星隕海)! 하늘에서 큰 별이 바다로 떨어지면서 눈부신 섬광이 비쳤고 천지가 개벽하는 듯한 천둥소리가 났다. 이후 남해안 섬의 곳곳에서 동백꽃이 지천으로 피어났다.

'어머님, 이제 곧 어머님을 만나러 갑니다. 이렇게 세상을 하직하고서야 어머님을 뵈올 수 있는 불효자식을 용서하옵소서. 할 일이 태산 같은데…. 또 남은 가족들은 어찌하란 말입니까. 막내 면아 기다리거라. 애비가 곧 너를 만나러 가느니라.'

막내 면은 명량해전 직후 왜군들이 아산 생가에 들이닥치자 나아가 싸우다가 전사했다.

"순신아! 에미다. 우리네 삶이란 반짝하는 아침 이슬과 같은 것이다. 그동안 애를 많이 썼다. 분하지만 어쩌겠느냐. 이제 무거운 짐 훌훌 벗고 이 어미 손을 꼬옥 잡아보려무나. 자."

"어머님! 으흐흑!"

오매불망하던 어머님을 만나서였을까 이순신의 표정은 평온해 보였다.

아들 회는 아버지의 뜬 눈을 감겨드렸다. 그리고 속주머니에 고이 접힌 종이 한 장을 발견하고 챙겼다. 피에 얼룩진 하얀 종이에는 무엇인가 쓰다 만 것 같은 듬성듬성한 흔적이 언뜻 보였다.

피아를 구분할 수 없는 난투전에서 졸지에 당한 일이라 이순신의 죽음을 아는 사람은 거의 없었다. 경상우수사 이순신(李純信 동명이인)은 대장 이순신(李舜臣)이 피격됐는지도 모른 채 예를 올리고 스쳐 지나갔다. 이 와중에 포위망을 뚫은 고니시는 필사의 혈로(血路)를 찾아 일본으로 탈출했다. 울산성의 가토, 사천의 시마즈, 순천의 고니시가 물러감으로써 7년 임진·정유재란의 대유혈극은 끝을 맺었다.

격전을 치른 노량 앞바다는 고요했다. 파도 소리가 철썩거렸고 갈매기가 끼룩끼룩 울어댔다. 전투의 참상을 알리는 부유물이 어지럽게 어디론가 흘러갔다. 의기양양한 진린은 승전고를 울리면서 이순신을 찾았다.

"이야(李爺)! 우리들의 완벽한 승리요. 놈들이 다 물러갔단 말이요. 으하하."

진린은 파안대소하며 이순신의 대장선으로 뒤뚱거리며 올라왔다. 모두들 침통한 표정에 진 도독은 의아해했다.

"이야! 어디있소?"

"아, 진 도독님, 아버님께서 절명하셨습니다."

"뭣이라? 이런 망극한…. 아이쿠! 이런이런…."

기절초풍한 진린은 다리 힘이 빠져 갑판에 철퍼덕 주저앉았다. 몇 번을 일어서려다 엉덩방아를 찧었다. 한편 진린은 다른 꿍꿍이속이 있는지 무엇인가 골똘히 생각하다가 난감한 표정을 지었다.

'아니, 이걸 어쩌나. 황상께 고한 것이 말짱 거짓말이 된다면? 내 목이 성치 않을 텐데. 허 참.'

진린은 전쟁이 끝나면 이순신을 요동 도독으로 임명해서 골칫덩어리인 여진족을 막을 계책을 얼마 전 황제께 고한 적이 있었다.

"경천위지지재(經天緯地之才)! 천지를 주무르는 재주가 있고, 보천욕일지공(補天浴日之功)! 뚫어진 하늘을 깁고 해를 목욕시킬 만한 공이 있습니다." 대국인 특유의 과장된 화법이었지만 이순신의 실력을 인정하고도 남음이 있었다.

황제는 회답했다.

"아니 소방에도 그런 장수가 있다더냐. 짐은 너의 청을 들어 이순신을 대명 요동 도독(都督)으로 임명하노라. 그 직함에 맞는 물건을 조선 국왕에게 전했으니 네가 귀환할 때 이순신을 데리고 올 것을 명한다."

황제가 하사한 명조팔사품(明朝八謝品)인 도독인(都督印 도장), 영패, 귀도, 참도, 곡나팔, 남소령기, 홍소령기, 독전기가 왕 앞으로 도착했다. 이순신은 꼼짝없이 명나라 장수가 될 운명에 처했다. 젊은 시절 여진족 방어에 투입됐던 아련한 기억들이 주마등처럼 흘러갔다.

'1576년 함경도 동구비보 권관 초임 발령, 1582년 함경도 순찰사 정언신 휘하에서 니탕개의 난 평정, 1586년 조산보 만호 때 녹둔도 둔전관 겸임. 여진족이 쳐들어와 곡식을 약탈해감. 함경북병사 이일에게 병력충원 요청했지만 거절당해 패함, 이일은 패전으로 몰아 나를 백의종군케 함. 여진족 추장 우을기내 생포.'

마침내 이순신의 전후 사정을 훤히 꿰뚫고 있는 하늘이 나서서 이승과 저승의 일을 정리해주었다.

이순신의 항명
"광화문으로 진격하라"

20

재조산하(再造山河)

이순신은 공직생활 22년 동안 순공망사(徇公忘私), 사적인 일보다 대의를 우선시하는 고단한 삶을 살아야 했다. 두 번의 백의종군과 세 번의 파직 등 파란만장한 그의 삶은 햇볕에 바래 역사가 됐고 달빛에 물들어 신화로 남았다.

"이순신의 혁혁한 공적을 황상(皇上 명 황제)께 상문(上聞)하여 성단(聖斷)을 받아 포상하겠소이다."

조선 주둔군사령관 경리 양호가 이렇게 말하자 왕은 "우리의 도리로서 미안하여 사양합니다"라고 거절했다. 왕은 한술 더 떠 이순신을 폄훼하고 있었다.

"조선의 장수들은 능히 왜적을 토벌하지 못하고 천자(天子 황제)의 조정을 번거롭게 만들고 있습니다. 이에 유죄를 기다릴지언정 무슨 기록할만한 공적이 있단 말입니까."

왕은 명 황제가 이순신에게 내린 명조팔사품을 받자마자 노량해전에서 전투를 치르고 있는 이순신을 부리나케 찾았다.

"순신은 들어라. 전투가 끝나는 즉시 한양으로 올라와 명 황제의 명을 받아라."

이순신이 전몰했다는 사실을 까마득히 모른 채 내린 명령이었다.

'음, 이순신을 요동 도독으로 임명하시겠다는 황상의 성단은 내겐 신의 한 수가 될 터다. 내 앞에서 23전 23승 연전연승했노라 거들먹거리는 그 꼴을 어찌 보고만 있을 수 있겠는가. 어림도 없지. 근데 그 칼끝이 내게로 향한다면? 아아악! 그건 결코 안 될 말이다. 야수같이 날랜 야인(여진족) 놈들과 한번 붙어보라지. 거기가 네 무덤이 될 것이다. 흐흐흐.'

왕은 가슴을 쓸어내리며 내심 반기는 모습이었다.

이순신이 명나라 요동 도독으로 간다는 풍문은 남해안은 물론 전국적으로 쫙 퍼져나갔다. 전국 각지에서 수많은 백성과 장졸들이 한성 광화문 광장으로 속속 몰려들었다. 1592년 임진년 왕이 피난을 떠나자 도성의 부민들이 경복궁과 형조, 장례원(노비 문서 관리와 소송 기관)을 불태운 뒤 의정부와 육조거리의 관청을 차례로 때려 부쉈다. 그때 불에 탄 광화문은 볼썽사나운 흉물로 남아있었다.

자고로 군주민수(君舟民水)라 했다. 물(백성)은 배(임금)를 띄우기도 하지만, 성난 민심은 배를 엎어버렸다. 동서고금을 통해서 억눌린 백성들이 취할 수 있는 최후의 저항 방식이었다.

"야 삼돌아, 광화문 하면 생각나는 사람 없냐?"

"누구?"

"의병장 조헌이란 사람이 있는데 와! 그 기개 멋져부렀지. 왜란이 일어나기 바로 전 대마도주와 승려 겐소(玄蘇)가 사신으로 와서 '명나라를 칠 테니 길을 빌려 달'고 했데. 조총 두 자루도 바쳤다지. 근데 왕이 조총을 내동댕이쳐버렸대. 희희."

"그래서?"

"그때 옥천에서 조헌이란 선비가 도끼를 가지고 와서 '일본 사신들의 목을 당장 베지 않으면 내 목을 치라'고 했다잖아."

"칫! 넌 아는 것도 많아. 야! 저기 웬 사람들이 무섭게 몰려오는겨?"

광화문 광장에 구름처럼 운집한 군중들은 잔뜩 화가 난 표정이었다.

"아니 뭐? 한평생 몸 바쳐 나라를 구한 이순신 장군님을 명나라 장수로 보낸다고? 왕이 미친 거 아냐?"

"잘 됐지 뭐야. 못난 임금이 제 나라 장수를 보호하기커녕 못 잡아먹어 안달복달했으니, 시원하겠군. 허허."

"에잇! 이 판에 확 엎어져뿌라. 어차피 나라의 수명은 끝난 거 아녀?"

격앙된 백성은 가슴속에 저마다 꽁꽁 숨겨 놓아 화병을 키운 응어리를 시원하게 토해냈다. 어디서 구했는지 전장에서 쓰던 칼, 창, 활과 낫, 곡괭이 등이 손에 들려 있었다.

"여태까진 가재, 붕어, 게로 숨죽여 살아왔지만 이젠 왕도 필요 없고 그놈의 탐관오리 도둑놈들을 다 때려잡아야 한단 말이여. 개돼지들의 맛이 어떤지 본때를 보여주자!"

부지깽이를 든 40대 여인네가 허공을 찌르며 고래고래 악을 썼다.

임진·정유 7년 전쟁으로 백성들은 골이 빠졌고 숨 쉴 기력조차 없었다. 그러나 왕의 실정으로 인한 적폐를 바로잡아야 한다는 결의만큼은 드높아 민심은 들끓고 있었다. 가렴주구로 백성을 도탄에 빠트린 왕과 조정대신 및 탐관오리들에 대한 극렬한 적개심은 군중의 분위기를 험악하게 만들어갔다. 더욱이 부역에도 동원되지 않은 채 공자 왈! 맹자왈! 하면서 허송세월을 보내는 양반들에게 보내는 야유는 야멸찼다.

"임금이나 양반 나리들이 입만 열면 백성을 위한답시고 공정이니 정의니 하는 입에 발린 말을 하는데 그게 모두 다 개소리요. 망할 놈의 세상!"

눈에 핏발이 선 남자가 고함을 지르자 백정 칼을 들고 있던 한 사내가 흥분해서 거들었다.

"난 무식한 천민 백정이라 어려운 말은 모르고, 대신 소 돼지 잡는 데는 이골이 났단 말이여. 누구든지 이 칼로 후딱 하는 데는 선수지, 암."

"왕이 도망갔을 때 외려 왜군들은 쌀, 보리, 좁쌀을 배급해 멀건 죽이라도 끓여먹었지. 흠."

"아, 때놈들은 이쁜 여자 고른다고 집구석 다 뒤지며 분탕질 쳤지 뭐야."

"이 모든 게 누구 때문이야. 못난 임금 만난 우리네 팔자소관이란 말이여. 흠."

한 사내는 이를 부득부득 갈면서 허공에다 낫을 거칠게 휘둘렀다.

명나라 황제는 만주의 여진족이 나날이 강성해지면서 끊임없이 중원을 위협하자 이순신을 앞세워 여진족을 치겠다는 이이제이(以夷制夷) 전략을 생각해냈다. 즉 동쪽 오랑캐인 동이(東夷)족 장수를 앞세워서 다른 동이족인 여진을 쳐낸다는 것이었다.

"나는 그저 오랑캐끼리 치고받는 진흙탕 개싸움만 구경하면 된다, 이 말이지. 하하."

이순신은 결국 명나라 제단에 오를 희생물이 될 가련한 처지에 놓였다.

"자 자, 백 마디 말은 소용없소. 행동으로 보여주자! 당장 궁궐로 쳐들어가 왕을 끌어내자! 앞으로 진격!"

와! 와! 와! 흥분한 군중은 마침내 가슴에 응어리진 한을 풀 수 있다는 기대에 한껏 부풀어 있었다.

그때 갓을 쓰고 도포 차림을 한 선비가 입을 열었다.

"여러분! 떼로 몰려가는 것보다 장군님이 먼저 가셔야 할 것 같소."

"아 맞다. 근데 이순신 장군님이 어디 계시지?"

그때 한 사내가 불쑥 끼어들었다.

"이봐 양반 나리, 전쟁통에 어디서 숨어지내다 이제 와서 왈가왈부요?"

"야 삼돌아! 지금은 한 사람이라도 우리 편이 필요해. 글도 읽어주니 좋지 않냐."

"내 참 더러워서 이참에 사농공상! 그놈의 신분제도를 다 깨부수자고, 누군 뼈 빠지게 농사짓고 누군 공짜 밥이나 처먹는 이 우라질 놈의 세상!"

"장군님! 어디 계십니까? 빨랑 나오세요."

"오셔서 우리 딱한 사정 좀 들어주세요. 네?"

"어, 근데 말이야. 장군님이 노량전투에서 전사하셨다는 말이 들리던데."

"그래, 투구와 갑옷을 스스로 벗고 조총을 맞았다던데. 살아봤자 왕의 의심에 죽을 목숨이잖아."

"뭔 소리여? 그럼 자살이라도 하셨다는 말이여? 쓰잘데없이 지껄이지 마라! 흠."

"아니, 난 장군님이 지리산 어딘가 은둔했다는 말을 들은 것 같기도 해."

이때 선비가 나타나 입을 열었다.

"자, 장군님은 지금쯤 임금에게 불려 와 명 황제 명을 받고 있을지 모릅니다."

순간 마른하늘에 날벼락처럼 소나비가 장대처럼 쏟아져 내렸다. 무더위에 지친 탓인지 사람들은 빗줄기를 피하지 않고 오히려 빗물을 받아마시며 더위를 식히고 있었다. 이윽고 언제 그랬냐는 듯이 먹구름이 거치고 밝은 햇살이 비쳤다. 내리쬐는 빛줄기를 타고 한점 검은 물체가 서서히 내려오고 있었다.

"저기 저 까만 점, 땅으로 떨어지는 저게 뭐랑가?"

"어라? 장군님 아녀?"

환생한 이순신의 모습이 역력했다.

"그 분은 하늘이 내신 분이셔. 우리 원통하고 기막힌 한을 풀어 주실거여."

백성은 와 와 와 흥분의 도가니에 빠져 장군의 모습을 보려고 이리저리 고개를 돌렸다.

땅에 사뿐히 발을 디딘 이순신 장군의 곁에는 두 자루의 칼이 호위를 하듯 위풍당당하게 서있었다. 쌍칼이 햇볕에 비치자 검명이 선명하게 드러났다. '삼척서천 산하동색 일휘소탕 혈염산하(三尺誓天 山河動色 一揮掃蕩 血染山河)'. 세 척 길이 칼을 들어 하늘에 맹서하니 산과 물이 알아들었고, 크게 한 번 휘둘러 쓸어버리니 피가 산과 바다를 붉게 물들였다는 뜻이다.

"장군님! 저 썩어빠진 왕을 끌어내리시고 백성이 살만한 새로운 나라를 만들어 주십시오."

"자, 여러분 진정들 하시오. 장군님이 곧 임금을 만날 것이오."

큰아들 회가 나섰다. 회는 자신이 가지고 있던 편지 한 통을 아버지께 전했다. 환생한 이순신이 왕이 있는 행궁으로 향하자 군중은 양편으로 갈라져 길을 터주었다. 피난 후 돌아온 왕은 정릉방 월산대군 사저에 머물고 있었다.

왕은 바깥 사정을 까맣게 모른 채 낮잠에 취해있었다.

"에잇! 곤한 잠을 깨는 놈이 누구란 말인가? 어, 아니 네가 웬일이냐? 노량에서 나 보기 싫어서 면주(免胄 투구를 벗음)하고 조총을 맞아 자살했다고 하던데…. 그렇다면 너는 귀신? 유령?"

"음, 그런 한가한 말을 할 겨를이 없소이다. 먼저!"

"잠깐! 내 말부터 들어라. 우선 대명국 황제의 명을 받들어 하해(河海)와 같은 은덕에 감사의 예를 표하라."

왕은 황제가 보내온 도독 임명장과 도독인(都督印)을 포함한 명조 팔사품을 가리키며 말했다. 왕을 똑바로 쳐다보는 이순신의 눈에는 불이 켜져 있었다.

"못 들었는가! 귀가 먹었나? 황제의 명을 거역하다니…. 흠, 너만 죽는 게 아니고 나도 죽으니 말이다."

"그럼 같이 죽으면 되질 않소? 명나라 요동 도독으로 갈 수 없소!"

"저런 여봐라! 당장 이 무엄한 역도를 끌어내 참수하고 광화문에 그 머리를 효수하라!"

핏대를 세우며 역정을 낸 왕은 기운이 다한 듯 고개를 축 내려뜨리고 눈알만 굴렸다. 이순신은 마치 위관(委官 재판관)이 된 듯 대역죄인을 심문하기 시작했다.

"먼저 임금의 아시타비(我是他非)를 지적하지 않을 수 없소. 나는 절대 옳고 너희는 절대 그르다는 식의 오만방자한 태도가 나라를 망쳤소. 동의하시오?"

"……."

"침묵은 동의로 간주하겠소. 그럼 이제부터 왕이 자행한 '망국적

248

죄상 4개'에 대해 본격 심문에 들어가겠소."

첫째 인사(人事)가 만사(萬事)인데 최악의 인사를 저질러 국가자살행위자의 장본인이 됐다.

"무슨 억하심정으로 무자격자인 원균을 삼도수군통제사로 임명한 것이오? 그건 최대 실책이었소. 원균의 조선 수군이 칠천량해전에서 궤멸되어 결과적으로 왜적을 이롭게 한 것은 이적죄나 여적죄(與敵罪)에 해당하오. 또 목릉성세라 할 정도로 영웅들(이이, 류성룡, 이원익, 정탁, 정언신, 정걸, 이항복, 이덕형, 권율 등)이 줄줄이 나왔지만 무능한 혼군(昏君)은 인재들을 적재적소에 등용하지 못했소. 결론적으로 왕의 인사가 망사(亡事)가 됐단 말이오."

둘째, 안보와 국방 등 내치의 무능과 주변국 외교에서 낙제점을 받았다.

"임진·정유재란 두 차례 전화(戰禍)를 막지 못한 책임은 군 통수권자로서 실격임을 만천하에 알린 꼴이오. 대마도주가 바친 조총을 버렸다지요? 조총으로 군사들이 얼마나 죽은 지 아시오? 상대를 알려고 하지 않은 오만과 아집, 우둔함으로 나라를 망가뜨렸단 말이오. 귓등으로 흘려버린 율곡 이이의 십만양병론은 말하지 않겠소."

셋째, 당쟁을 이용하여 자신의 안위를 지키려 했다.

"동인·서인·남인·북인·소북·대북 등 당파를 이용해 자신의 입지만 강화하려 한 국정농단의 주범임을 인정하시오? 백성의 삶은 백안시하고 세자 책봉과 왕비 간택에만 정신이 팔렸단 말이오. 또 그 망국적인 당쟁이 재임 중 시작된 것 알고는 있소?"

넷째, 경세제민(經世濟民)을 등한시했다.

"두 차례 전란으로 농토가 130만 결에서 30만 결로 크게 줄어들었소. 탐관오리들은 방납업자와 결탁해 백성의 알량한 재산을 빼앗는 토색질을 자행했소. 명군이나 왜군보다 더한 도둑놈들이었소. 이 문제를 해결하려는 이이의 대동법 상소는 읽어 봤소? 또 피랍된 도공이 일본에서 기술을 꽃피워 생산된 도자기가 해외로 팔려나가 일본 국부 창출에 지대한 도움이 됐소. 사농공상 성리학의 나라는 자기 백성의 기술이 뭔지 모른 채 빼앗긴 것이요. 이 또한 적을 이롭게 한 여적죄에 해당하오. 실사구시 정신이 없어서 빚어진 참화였소."

왕의 실정 등 적폐를 질타하는 내용은 아들 회를 통해 군중들에게 속속들이 전해졌다. 왕의 실정과 실덕은 한번도 경험해보지 못한 것으로 차고도 넘쳤다.

"이런 엉터리 무능한 자가 왕이랍시구 거들먹거렸으니…. 나라가 안 망해?"

"무자격자를 당장 끌어내라!"

이순신의 추궁 내내 왕은 고개를 푹 숙인 채 꼼짝하지 않았다. 사태가 심상치 않게 돌아가자 겸사복(경호무사)이 이순신 등 뒤로 예리한 비수를 날렸다. 절체절명의 상황, 예의 쌍칼 중 제1번 칼이 비수를 내치자 튕겨 날아가 왕의 정수리에 박혔다. 동시에 제2번 칼은 겸사복의 목줄을 단숨에 땄다. 얼굴에 피가 낭자한 왕은 어기적거리며 용상에서 내려와 이순신 앞에 무릎을 꿇었다.

"살려주시오. 이 장군, 내 이렇게 빌고 있소. 으흐흑."

"그렇다면 적폐를 시인하고 의금부 남옥으로 가겠소? 아니면 '당신의 나라'인 명나라로 가겠소?"

왕은 가타부타 대답 없이 침묵을 지켰다.

"알겠소. 이참에 꿈에 그리던 당신의 나라로 가시오. 임진년 피난 길에서 그렇게도 노래를 불렀다지오? 명나라로 내부(內附 망명)하란 말이오! 강화도에 배를 준비해 놓았으니 그리 아시오."

"엉엉, 고맙소이다. 내 생명의 은인이시여."

편전에서 나온 이순신은 낮게 깔린 구름을 타고 하늘 높이 솟아올라 어디론가 떠났다. 그때 하늘에서 하얀 종이 한 장과 붉은 동백꽃 한 송이가 날아와 나란히 바람을 타고 내려와 군중 속으로 떨어졌다.

와! 와! 와!

백성은 이순신 장군이 보낸 종이에 적힌 내용이 궁금했다.

"재조산하(再造山河)!"

아들 회가 종이를 주워들고 큰소리로 외쳤다.

"재? 조? 산? 하? 근디 이 말이 대관절 뭔 뜻이여?"

선비가 도포 자락을 휘날리며 광화문 앞 월대에 올라섰다.

"여러분! 재조산하라 함은 나라를 다시 만든다는 뜻이니 지금과는 전혀 다른 군주와 세상을 만나게 될 것이오."

"이순신 장군님 만세! 만만세!"

군중은 환호했다.

"근디 아까 행궁에 가보니께 왕이 없어졌던데, 그 능구렝이 같은 인간! 대체 어디로 간겨?"

"글씨, 땅속으로 박혔나 하늘로 솟았나?"

"재! 조! 산! 하! 난, 동백꽃 향기 맡으며 이순신 장군님 환생이나 기다릴 것이여. 흠." 끝.

이순신의 항명

광화문으로 진격하라

초판 1쇄 발행 2021년 7월 19일

지은이 김동철
펴낸이 이낙진
일러스트 김성준
편집·디자인 홍철진
펴낸곳 도서출판 소락원
주소 경기도 양평군 강상면 강남로 714-24
전화 010-2142-8776   **이메일** leenj2772@naver.com

ISBN 979-11-975284-0-8 03810